青きドナウの吸血鬼

赤川次郎

集英社文庫

イラストレーション／ホラグチカヨ
目次デザイン／川谷デザイン

青きドナウの吸血鬼

CONTENTS

青きドナウの吸血鬼

吸血鬼と幻の聖母《マドンナ》

のけ者

京子《きょうこ》は、教室のドアを開けようとしてためらった。

しっかりして！　――そう自分を叱《しか》ってみても、気が楽になるわけじゃない。むしろドキドキして、いっそう足がすくむのだった。

何やってるの、本当に……。小学生じゃないのだ。もう十九歳。大人なのだ。

大学生だから、完全な大人とは言えないかもしれないけれど、「男の子にいじめられた」といってメソメソ泣いてるようじゃ、笑われるだけ。

いや、もちろん京子だって別に泣いてはいないのである。だが、今こうして教室の中へ入るのにも、ついためらってしまうのが、「男の子のせい」であるのは事実だった。

でも――この授業をサボるわけにはいかないのだ。どんなにいやなことがあっても、この単位が取れなかったら、二年生にはなれない。一年生で留年なんて、それこそみっともなくて、大学へ来られなくなってしまう。

大きく深呼吸して、京子はドアを開けた。

そして――その場に立ちすくんでしまう。

「どうしたの、これ？」

と、思わず呟《つぶや》いたのは、百人くらいの学生がいつもいるはずの教室が空《から》っぽだったからである。

おかしい……。いつもこの教室なんだもの。間違えるわけはない。

京子は腕時計を見た。あと二、三分で始業のチャイムが鳴る。この授業の先生はいつも五分以内に現れるので、学生たちも五分前にはしっかり席についているのだった。

それなのに、今日は……。どうなってるの？

ポカンとしている京子に、

「おい、何してんだ」

と、声をかけたのは、同じ一年生の加賀《かが》だった。

「あ……。加賀君」

京子は少し身構えて、そのノッポの若者と向かい合った。

「生沢《いくさわ》じゃないか。どうしたんだよ」

「ね、加賀君――今日は、英文法の授業でしょ。どうして誰もいないの？」

と、京子は訊《き》いた。

「え？」

加賀健《けん》は、目を丸くして、

「お前——。そうか、聞いてなかったのか？　今週は休講って、先生、言ってたじゃないか」

「そんな……。下の掲示板に出てなかったわよ」

「じゃ、忘れたんだろ」

と、加賀は肩をすくめて、

「ともかく、先生、休みって言ったんだよ。見ろよ。誰も来てないだろ」

「ええ、でも……」

と、京子はまだためらっている。

「じゃ、加賀君、何しに来たの？」

「俺は忘れもの、捜しに来たのさ。午前中、ここで授業中眠っててさ、次の時間にあわてて出てったら、ノート一冊見あたらないんだ。たぶんここに落ちてんじゃないかと思って」

「そう……」

京子は、ホッと息をつくと、

「じゃあ……休講か。せっかくレポートやってきたのに」

「ご苦労さん。真面目《まじめ》人間だな、お前も」

と、加賀が笑う。

「真面目で悪い？」

と、京子は少し気色《けしき》ばんで言ったが、

「――じゃ、帰ろう。それじゃ」

「おい、生沢」

と、加賀が声をかけた。

「何？」

行きかけた京子が振り向く。

「お前、教会に行ってるのか」

京子はサッと赤くなって、

「そんなこと……。誰が言ったの？」

「見かけたってさ、クラスの奴が。教会から出てくるとこ。クリスチャンなのか」

「そういうわけじゃないけど……何となく落ちつくの、あの中にいると」

と、京子は答えた。

「ときどき、いろいろ考えたいことがあると、行くのよ」

「ふーん。ま、いいことだよな。俺んとこもクリスチャンなんだぜ」

「本当？」

京子の表情が和《やわ》らいだ。

「ああ、でも、教会なんて行ったことないけどな」

「たまには行くといいわよ。気持ちが洗われるような気がする」

「そうだな。今度行ってみるよ」

「ええ。きっと、良かったたって思うわ」

京子は、足どりも軽く、廊下を歩いていった。

——加賀は、京子の姿が階段を下りていって見えなくなると、隣の教室のドアを開けた。

「おい。行ったぞ」

ワーッとみんなが笑いだす。

「みごとに引っかかった!」

と、出てきたのは大塚卓郎《おおつかたくろう》。

「ああ、いい腕だろ」

「健、お前、役者になれるぜ」

と、大塚が加賀の肩をポンと叩く。

「おい! 急いで教室へ入れ!」

隣の小さな教室に入ってじっと息を殺していた百人の学生たちが、広い教室へと戻って、たちまち席を埋める。

「やったね！」

「すぐ騙《だま》されるんだから！」

と、女の子たちが笑い合っている。

「——おい、健」

と、加賀へ声をかけてきたのは、田崎広信《たざきひろのぶ》だった。

「田崎か。何だよ」

「可哀そうじゃないか、こんなこと」

と、田崎は眉《まゆ》をひそめている。

「何だ、お前、あいつに気があるのか？」

と、加賀は冷やかした。

「馬鹿言え。あんな暗い奴、ごめんだよ」

と、田崎は少しむきになって、

「だけど、あいつが単位落としたら、ちょっと気が咎《とが》めないか」

「構うもんか。こんな手にはめられるほうが悪いんだ」

と、加賀は長い足を組んだ。

田崎もそれ以上何も言わずに、空いた席に腰をおろす。

そのとき、授業開始のチャイムが鳴った。

生沢京子は、足早に校舎を出ようとして、始業のチャイムに足を止めた。

「お昼で帰ればよかった」

と、独り言。

今日は、この午後の第三限でおしまい。休講とわかっていたら、お昼で帰れたわけである。

ちょっと肩をすくめ、教科書をかかえるようにして持つと、京子は校舎を出た。

「生沢さん」

「え?」

呼び止められて振り向くと、どこかで見たことのある……。

「あ、神代《かみしろ》先輩」

「『先輩』はやめて。『神代さん』でいいわよ」

と神代エリカは言った。

「はい」

京子は何となくホッとした。神代エリカにはどこか人を落ちつかせる不思議な雰囲気がある。

「ね、生沢さん。あなたこの時間、授業があるんじゃないの？」

「ええ。でも休講なんです。掲示は出てなかったんで行ってみたんですけど、教室空っぽで……」

「やっぱりね」

とエリカは肯《うなず》いた。

「やっぱり、って……」

「みんな隣の教室に隠れてたのよ。今ごろはちゃんと席に着いて、先生の来るのを待ってるわ」

「まさか」

と言ってから、京子の顔が青ざめた。

「本当ですか？」

「たまたま、大勢ゾロゾロと隣へ移ってるのを見かけたの。何やってるんだろう、って思ったわ」

「ひどい……」

京子は一瞬よろけた。

「大丈夫？」

と、エリカが支えて、

「さ、早く行って。あの先生、早いでしょ、来るの」

「ええ……。いつもこうなんだわ。どうして――」

「待って」

エリカの耳は、聞き慣れた足音を捉《とら》えていた。京子の手をつかむと、

「来て。――原田《はらだ》先生！」

階段を上りかけていた、三十代半ばの助教授は、振り向いて、

「神代君か。どうした？」

「この一年生、連れてってやってください」

「君は……生沢君だね」

京子はびっくりした。

「はい。あの――」

「レポート、面白かったよ」

思いがけない言葉に、京子はポッと頰《ほお》を染めた。自分のことを憶えていてくれるとは思ってもいなかったのだ。

「何してるんだ、こんな所で？」

「私が引き止めちゃったんです」

と、エリカが言った。

「先生、一緒に行ってあげてください。遅刻にならないでしょ」

「よし、わかった」

と、原田は笑って、

「じゃ、行こう」

ポンと京子の肩を叩いた。

「はい」

京子は小さな声で答えると、エリカのほうへチラッと感謝の視線を投げてから、原田と一緒に階段を上っていった。

――エリカはそれを見送っていたが……。

「エリカ、どうしたの？」

と、大月千代子《おおつきちよこ》がやってくる。

「みどりがジリジリしてるよ」

「ごめん。食べものの恨みは怖いからね。急ごう」

エリカは千代子と一緒に校舎を出た。

橋口《はしぐち》みどりと三人で、帰りに甘いものを食べに行くことになっていたのである。

「――へえ、そんなことがあったの」

千代子はエリカの話を聞いて、

「生沢京子か。――よく憶えてない」

「地味な子なのよね。でも、地味って、ちっとも悪いことじゃないのに」

「いじめられやすいんだよね」

エリカは、ご存知の通り、正統吸血族の父と人間の母とのハーフ。並の人間とは比べものにならないくらい耳がいい。

一年生の男の子たちが、生沢京子を「引っかけてやろう」と相談しているのを聞いてしまったのである。

このままですめばいいけどね……。エリカは、ちょっと気になった。

でも――もちろんそんなことは「甘いものを食べる」という行動にとって、何の邪魔にもならないのだった……。

幻　影

「よくない傾向だ」

と、フォン・クロロックは重苦しい口調で言った。

「人間、真面目《まじめ》であるべきときと、そうでないときの区別がつかなくなったらおしまいだからな」

「ワア」

「虎《とら》ちゃんもそうだと言っておる」

「早く夕ご飯食べてよ。片付かないでしょ」

と、妻の涼子《りょうこ》ににらまれ、クロロックはあわてて食事を続けた。

――クロロック家の食卓はにぎやかである。

父、フォン・クロロックと二度目の妻で、何とエリカよりひとつ若い涼子、その間に生まれた虎ノ介《とらのすけ》、そしてエリカの四人。四人で充分に十人分くらいはにぎやかなのである。

「でも、結局、何ともなかったんでしょ」

と、涼子が言った。

「エリカさんも、妙なことに関わりあわないでね。危ないことはもうたくさん」

「ええ、大丈夫よ、お母さん」

と、エリカは手早く食事をすませると、

「さて、レポートやんなきゃ」

と、伸びをした。

「あら、お客さん？」

チャイムの音に、涼子が手を止める。

「私、出る」

と、エリカが玄関へ出ていく。

「どなた？」

と、声をかけると、少し微妙な間があって、

「あの……神代《かみしろ》先輩――神代エリカさん、いらっしゃいますか」

噂《うわさ》をすれば。――ドアを開けて、エリカは、

「入って。どうしたの？」

と、生沢京子《いくさわきょうこ》に言った。

「すみません、突然」

と、京子は叱《しか》られるのを覚悟している様子で言った。

「いいの。うちはね、そういうお客に慣れてるのよ」

「はあ……」

「上がって。——父に紹介するわ」

エリカが明るく言って、京子はやっと安心したように笑顔になった……。


「色々大変だろうな」

と、クロロックは「人生の先輩」の貫禄を見せて言った。

自信を持つだけの資格はあるといっていいだろう。何しろ並の人間の何倍も生きてきたのだ。

「しかし、真面目に生きることは、決して空《むな》しい努力ではないぞ。人生の充実によって報《むく》われる」

「はい。私もそう信じてます」

と、あっさり言われてクロロックはちょっと調子が狂った。

「——昨日、あの後どうだった？」

とエリカが訊《き》く。

「原田《はらだ》先生と一緒に入っていくと、教室中がワアワア騒いでたのに、パタッと静かになって……。原田先生、最前列に座りなさいと指示してくださったんです」

「そう。じゃ、良かったわね」

「ええ。ちょっといい気分でした」

と、京子は肯《うなず》いて、

「でも——加賀《かが》君は青くなってました。先生にでも言いつけたかと思ったんでしょう。私、そんなことしません」

「当然よね。それで良かったのよ」

と、エリカが肯《うなず》いた。

「加賀健《けん》君と——いつも一緒にいる大塚卓郎《おおつかたくろう》君、田崎《たざき》君もきっと片棒をかついでたんだと思います。でも、怒る気にはなれません。そんなに悪気はなかったんだろうと思うし」

「田崎君って——田崎広信《ひろのぶ》？」

「確かそんな名です」

「その子なら知ってるわ、共同研究を手伝わせたことがある。でも、割合真面目な子みたいだったけど」

「そうかもしれません。もし田崎君が加わったとしても、渋々だったんじゃないでしょうか」

やさしい子だ、とエリカは思った。一度は怒ってカッとなっても、じきに忘れて相手を許してしまう。

でも、むずかしいのは、それで相手が後悔するなんてことはまずない、ということなのである。

「それで……」

と、京子は少しためらいがちに言った。

「今日うかがったのは……。教会で、変な声を聞いたんです」

「教会？」

京子はクリスチャンではないが、ときどき教会へ行くことがあると説明し、

「今日、大学が終わってから、帰りにいつもの通り、教会へ寄ったんです。このところ、ほとんど毎日のように立ち寄るので、神父さんとも話したりするんですが、今日はいらっしゃらなくて……。教会の中は私ひとりでした」

「そのときに、『変な声』を？」

「そうなんです。私、じっと目をつぶって、それでも教会の高い天井とか、色づいた光を通しているステンドグラスとかを目の前に見ているような気がして……。凄《すご》く心が安らいでいました。そのとき――その声が聞こえたんです」

クロロックが、京子の話に関心を持ったらしく、身をのり出すようにして、

「その声は何と言ったんだね?」

「不思議な声でした。——女の人の声、だと思うんですけど……。どこからともなく、フワッと包み込むように聞こえて……。その声が言ったんです。『あなたに、私の祝福を』と」

「祝福……。他には何か?」

「それから、こうも言いました。『もうじきあなたの所へ行きます。待っていなさい』って」

「自己紹介はしなかったのか」

「私、訊きました。『どなたですか? どこにいるんですか?』って」

「それで?」

「その声がこう言ったんです。——『私は聖母マリアですよ』と……」

京子の言葉に、エリカとクロロックは顔を見合わせたのだった……。

——京子が帰っていくと、クロロックは、

「やれやれ。聖母マリアが日本語をしゃべるとはな」

と、言った。

「お父さんったら。からかっちゃいけないわ。あの子、本気よ」

「分かっとる。だからこそ怖いのだ」

クロロックは真顔で、

「幻聴を本当に聞こえたと思い込んでいるとしたら……」

「でも、あの子は何か騒ぎを起こすタイプじゃないわ」

「いや、必ずしも騒がしい人間が騒ぎを起こすとは限らん。最もひっそり暮らしていたいと願っている人間が、騒ぎの張本人になっていることも珍しくない」

「じゃ、あの幻《まぼろし》の声のせいで、あの子がどうにかなると思ってるの？」

「いや……。そうでなければ何よりだが。しかし、空想と現実の区別のつかなくなるタイプかな、あの子は」

と、クロロックは首をかしげた。

「いやに今の子のことを気にするじゃない」

と、いつの間にやら涼子が居間へ入ってきて、クロロックの後ろに——。

「何なら、あの生沢京子って子、あなたが面倒をみてあげる？」

涼子がポキポキと指を鳴らした。クロロックが飛び上がって、

「馬鹿を言うな！　こんなすばらしい妻の他に女など必要あるものか」

「あら、それ本音？」

「もちろんだ！」

クロロックは妻を抱きしめて、やさしくキスした。――虎ちゃんがムッとふくれて、クロロックのマントの端をかじっている。

やれやれ……。エリカは、ちょっと両親から目をそらし、

「吸血鬼殺すにゃ杭はいらぬ。女房ひとりあればいい、か……」

と、小声で呟いたのだった。

面白い一家だわ、あの先輩のところ。

――京子は、夜道を急いでいた。

ちょっと変わった人たちだけど（だいぶ、かもしれない）、でも、みんなとってもいい人たち……。

京子は羨《うらや》ましいと思った。

――いや、別に今の暮らしに不満があるというわけじゃない。母とふたりの暮らしも気楽でいい。女同士、そう気をつかわなくてすむということもあるし……。

夜道は静かだった。

ちょっと「危ない」と言われてはいるのだが、広い公園の中を抜けていくことにする。もう子供じゃないのだし、大丈夫だろう。この公園の外をぐるっと回ると、とんでもなく遠回りになる。

公園といっても、よく都心にある小さな遊び場ではなく、かなりの広さなのである。林が広がっていて、穏やかな日には散歩するのも気持ちいい。もっともこんな夜中には急いで通り抜けるに限るのだけれど。

母は家にいない。——夜が仕事時間。といってももちろん吸血鬼じゃない。都心のバーのマダムをやっているのである。

父と母は、京子が三歳のときに離婚した。

というより、父が出ていってしまったのである。——男なんて身勝手なもの。京子は子供心にそう思った。

誰もいない家へ帰るのもいつものことで、寂しくはない。京子は公園の中でも一番暗い一角を、足早に通り抜けようとしていた。すると——。

「ここよ」

と、声が……。

「え？」

京子は足を止めた。誰だろう？　確かに声が聞こえたのだけど。

「京子さん。——こっちよ」

あの声……。京子には聞き憶えがあった。

今日、教会で聞いた「聖母マリア」の声だ！

「どこですか？——どこ？」

と、辺りを見回す。

「ここよ。——ここにいるわ」

木々の重なり合った暗やみの奥、そこがボーッと明るくなったと思うと、人の姿が浮かび上がった。

京子は息をのんだ。そこには大きな——高さ二メートルはあっただろう——聖母の姿がはっきりと見えていたのである。

その聖母は修道女のような服装をしていて、頭上には光の輪がある。顔は白く光ってぼんやりと女性であることしかわからなかったが、ゆっくりと白い手が十字を切って、

「あなたに祝福を……」

と、言った。

京子は、いつしかその場に膝《ひざ》をついていた。

「マリア様……」

「あなたは神のみ心にかなう人です。選ばれた人なのですよ」

京子は震えていた。怖いのではなく、心から感動して……。

生沢並子《なみこ》は、明け方近い時刻、我が家の玄関をそっと開けた。

小さなマンション暮らし。並子のように、普通の人と生活時間のずれている女性には、こういう所のほうが何かと都合がいい。娘ひとり、置いておいても、まあ安全だろうし。

そのかわり、気をつかうのは「音」である。夜中に帰ってくるときには、エレベーターの扉の開閉する音にもドキッとする。

いつもこんな時間になるわけではないが、今夜は……。ちょっと「寄り道」していたので遅くなってしまった。

どうせ昼過ぎまで寝ていればいいのだから、どうってことはないが。

リビングへ入って明かりを点《つ》けた並子は、

「キャッ！」

と飛び上がってしまった。

京子がカーペットを敷いた床に膝をついて、両手を組み合わせ、お祈りでもしている様子だったのである。

「京子！　何してるの？」

京子は、ゆっくりと顔を上げ、目を開けると、初めて母が帰ったのに気づいた様子で、

「お母さん……。早いのね、今夜は」

と、言った。

「え？　――ええ、まあね」

早い？　ちっとも早くなんかない！

「京子。もう寝ないと。午前四時よ」

「四時？」

京子は当惑したように、

「そんな……。私、ほんの十分くらいお祈りしただけよ。十二時ごろだった……」

「四時間もお祈り？　眠ってたんじゃないの？」

と、並子は笑った。

並子はかなり太めの体型、楽天家でのんびり屋である。そうでなければ、とてもあんな仕事をやってはいられない。

「それに、あんたいつの間にクリスチャンになったの？」

と、並子は訊いた。

「クリスチャンじゃないわ」

と、京子は立ち上がって、何か言いかけて気が変わったようで、

「もう寝るわ」

「それがいいわよ。ちゃんと起きられる？」

「大丈夫。——充分寝なきゃいけないの」

と、京子は言った。

「そうでしょ？　私は特別な人間なんだもの」

「そうそう。あんたは特別な可愛い子よ」

と、並子は娘を抱いてやった。

「さ、おやすみ。お母さん、少し台所のことをやってから寝るわ」

「おやすみなさい」

「おやすみ」

並子は、京子が部屋へ行ってしまうと、ちょっと首をかしげた。

何となく、いつもの京子と違うという気がしたのである。

「ま、年ごろよね」

と肩をすくめ、並子は腕をまくりあげ、台所へ入っていった。

実際、あまり細かいことを気にしないたちなのである……。

罪なき者……


　バシッ、と明らかに誰かが誰かをひっぱたいた音が、学生食堂の中に響きわたって、ガヤガヤと騒がしかったのが一瞬、シンと静まり返った。

「私のこと、騙《だま》して！」

と、甲高《かんだか》い声が続いた。

「許さないからね！」

　タッタッタと大股《おおまた》で出ていったのは、一年生の女の子。

「——凄《すご》い迫力」

と、みどりが目を丸くして言った。

「あれ、誰？」

と、エリカが訊《き》く。

「知らない？　花田《はなだ》ルミ。可愛いのにね。怒ると怖いんだ」

　また学食の中は元の通り、にぎやかになる。しかし、エリカの目は、頰《ほお》を押さえて、みんなの冷やかしの目を無視しながらサンドイッチを頬ばっているノッポの男の子に向いていた。

「あの男の子、一年の加賀健《かがけん》?」

「エリカ、知ってるの?」

と、千代子が肯《うなず》いて、

「そうよ。加賀って子。けっこうもてるみたい」

「足がちょっと長いってだけじゃない」

と、みどりが文句をつける。

「みどりがケチつけることないよ」

「二枚目とはとても言えない。ね、エリカ」

「そうね……」

エリカは、ちょっと上の空という様子だったが、

「ね、噂《うわさ》、聞いてる? 一年生の生沢京子《いくさわきようこ》さんのこと」

少し声を低くする。

「もちろん! 頭、おかしくなったって評判よ」

と、みどりが即座に言った。

「私、見たわよ。お昼休みに、芝生の真ん中でひざまずいてお祈りしてた」

と、千代子が言った。

「しかもね、みんなが取り巻いてからかってるのに、全然気づかないみたいなの」

「どうしちゃったんだろうね」

みどりが首を振る。

エリカは気になっていた。——京子の聞いたという「幻聴」のこと。それがもし、エスカレートしたら……。

「噂をすれば」

と、みどりがエリカをつつく。

何となく……学食の中が静かになった。

さっきとはまったく違う。

生沢京子が、まるで他の人間のことなど目に入らない様子で、真っ直ぐに中を突っ切り、あの加賀のほうへと進んでいったのである。

そのおごそかな歩き方に、誰もが「普通でない」ものを感じ取っていた。

「——何だよ」

加賀が仏頂面《ぶっちょうづら》で京子を見上げる。

「何か用か」

「悔い改めて」

と、京子は言った。

「何だって？」

「まだ間に合う。悔い改めて」

明らかに本気である。加賀はフンと笑って、

「今、食ってるんだ、俺。改めて食い直せってのかい？」

笑いが起こった。

「あなたはまだ間に合うのよ。助かるの。今のうちに、早く悔い改めて！　祈るのよ。許しを得るために」

京子が加賀の腕に手をかける。加賀はパッとその手を振り払うと、

「触るな！」

と叫ぶように言って、そのまま学食から飛び出していってしまった。

京子は悲しげにそれを見送ると、両手を胸の前で組んで、

「マリア様。お許しください……」

と、祈るように言ったのだった。

そして、静かに自分も学食を出ていく。みんな左右へよけて、京子を通した。

「──驚いた。どうなってんの？」

と、千代子がため息をつく。

「心配だわ」

エリカは立ち上がった。

「どこ行くの、エリカ?」

「演劇部の部室よ」

と、エリカは答えた。


「生沢君」

と、呼び止められて、京子は足を止めた。

「あ、先生」

原田《はらだ》助教授だった。——ちょうど自分の研究室へ入ろうとしているところで、

「よかったら寄っていかないか」

と、ドアのノブに手をかけて言う。

「はい」

京子は素直に肯いた。

中へ入ると、本が山のように積まれている。

「どこか空いた所に座ってくれ」

と、原田は言った。

「お邪魔じゃないんですか」

「邪魔なら誘わないよ」

と、原田は笑って、

「君にちょっと話があってね」

「何でしょう」

「うん……。君——」

原田は、机の端に腰をかけ、軽く咳払《せきばら》いをする。

「生沢君。——このところ、君のことが大学内で評判になってる。知ってるかね？」

「はい」

「どんな風に言われているかも？」

「分かっています。私がマリア様のお言葉を伝えているからです」

「そう……。君はしかし、マリア様じゃないんだ。そうだろ？」

「もちろんです。でも私は『選ばれた』んです。マリア様がそうおっしゃったんです」

「なるほど」

と、原田は肯いた。

「たぶん……信じていただけないと思いますけど、本当なんです。マリア様が私の前に現れて……」

「いや、信じてるよ。君は嘘をつくような子じゃない」

「本当ですか？」

と、京子の目が輝く。

「うん。しかしね、大方の人間が信じないのも、まあ責めちゃいけないね」

「分かってます。――でも何とか助けないと……」

「助ける？」

「あ、いえ――何でもありません」

と、京子はあわてて首を振った。

「なあ、生沢君」

原田は、京子の座っている固い木の椅子の後ろにぶらりと回って、

「大学の当局者も、君のことを問題にし始めている。他の学生たちに悪い影響を与えるというんでね」

「そんな！　神のお言葉を伝えるのが、どうして悪いんですか？」

と、京子は本心からびっくりしたように言った。

「君の気持ちは分かる。君は純粋な心で主張しているんだと思う。しかし、世間は純粋でない連中でいっぱいさ」

原田が、京子の肩に手をかけた。京子がギクリとする。

「君を守ってあげよう……。僕がついていれば、大丈夫。退学にならずにすむよ」

原田の指先は、はっきりと京子にその意志を伝えていた。——僕の言うことを聞けば、守ってあげるよ……。

「先生——」

「心配しなくていい」

原田の手が京子の頬に触れる。

「よくあることだ。君は男を嫌っている。その抑圧が、幻覚を生むんだ。僕がその原因を取り除いてあげる」

「先生、やめてください……」

「落ちつけよ。男を受け容《い》れることが大切なんだ。君はそれに、可愛い。もっともっとセンスを磨けば、いちだんと可愛くなるよ」

「先生——」

原田の手が、京子の首筋から胸もとへ下りていく。

「お願い……。やめてください」

京子が首を振った。そのとき、ドアをノックする音で、パッと原田が手を引っ込める。

京子は弾かれたように立ち上がり、駆けていってドアを開けた。

「ワッ！」

と、外に立っていた男の子がびっくりする。

「何だ、お前——」

田崎広信《たざきひろのぶ》だった。

「田崎君……」

「生沢じゃないか。何してんだ?」

「別に」

と、京子は激しく首を振って、

「何でもない!」

叫ぶように言って、駆けていく。

「先生……。生沢、どうしたんですか?」

と、田崎は中へ入った。

「うん? あの子は情緒不安定だね」

と、原田は言って、

「何か用事かね?」

「レポートのテーマについて、ご相談したくて」

「じゃ、かけなさい」

と、原田は今まで京子の座っていた椅子をすすめた。

「誰？」

演劇部の部室にひとりでいた花田ルミは、誰かがドアを開けるのを聞いて、あわてて
タバコを消した。

部室では禁煙になっているのである。

「ごめんなさい。花田さんね」

「はい……。あ、神代《かみしろ》エリカさんですね」

と、ルミは立ち上がった。

「別に部の先輩じゃないのよ。そう緊張しないで」

と、エリカは言った。

「はい」

「さっきの学食での騒ぎ、見たわよ」

と、エリカが言うと、ルミは赤くなってうつむいてしまう。

「ね、加賀君がどうしてあなたを裏切ったの？」

「それは……」

と、ルミがためらう。

「もしかして、生沢京子さんと関係あるんじゃないの？」

「え?」

ルミが息をのむ。返事をしたのと同じだ。

「話して。このままだと、何かとんでもないことが起こりそうなの」

エリカは真剣だ。

「とんでもないことって……」

「人が死ぬかもしれないってこと」

「まさか!」

ルミが青くなった。

「話してちょうだい」

エリカの言葉に、ルミは悩んでいるようだったが――。

「わかりました」

と、肯くと、

「あいつに騙されたんです!」

「あいつ、って、加賀君のこと?」

「ええ、実はこの間、加賀君と大塚《おおつか》君に頼まれたんです。自主映画を作ってるんだけど、聖母マリアの役をやってくれないか、って……」

「マリアの役?」

「ええ。修道女風の格好をして、お告げみたいなことを言うんですけど。——私、あの加賀君とつき合ってたし、別にいいわよ、って……。でも、セリフの中に『京子さん』って呼びかけるところがあるんです」

「京子さんね……」

「それが何のことかわかってたら、あんなことしなかったんですけど」

と、ルミはふくれっつらで、

「ビデオでとって、わざと照明を明るくしてあったんで、私の顔はよくわかりません。でもかえってそれらしく見えて、加賀君たちは喜んでました。——それから少しして、生沢さんがマリア様を見た、って言いだしたんです」

「あなたをとったビデオを使ったってわけね」

「それしか考えられません。——可哀そうだわ。生沢さんって真面目《まじめ》な子なんです。からかうにしても、ちゃんと相手を選ばないと」

なかなかしっかりした子である。

「ね、その話を生沢さんにしてあげてくれる？」

「いいですけど——。本当に何か起こりそうなんですか？」

「もしかするとね」

と、エリカは肯いた。

「じゃ、生沢さんを捜しに行きましょ」

——ふたりは外へ出た。

「たぶん、どこか静かな所にいると思います」

と、ルミは言った。

「そうね。図書館とか……」

エリカはそう言って、ふと足を止めた。何か起ころうとしている、そう感じた。

突然、ふたりの歩いていた舗道《ほどう》のわきの校舎で、ガラスの砕ける音。

「危ない！」

とっさに、エリカはルミを突き飛ばした。

頭上から、ガラスの破片が降ってくる。そして——。

「ワーッ！」

男の叫び声。

見上げると、誰かが階段辺りの窓を突き破って飛び出してきた。真っ直ぐエリカへ向かって落下してくる。

よけるのは、エリカにとってむずかしくない。しかし、男のほうは確実に命を落とす。

エリカは、両足を踏んばって立つと、落ちてくる男に向かって、全身のエネルギーを放射した。男にエネルギーがぶつかる。

「——エリカ！」

と、叫んだのはみどりだった。

「危ない！」

一瞬の後、落下した男とエリカは、折り重なってガラスの飛び散る舗道の上に倒れた。

「エリカ！」

千代子とみどりが駆けてくる。

エリカは……ゆっくりと体を起こした。

「エリカ！　死んじゃったかと思った」

と、みどりがフーッと息をつく。

「何とか生きてるよ」

と、エリカは言ったが、ぐったりと疲れていた。

「この人……原田先生だ」

と、千代子が目を丸くする。

「飛び下り？」

「分かんないけど、ともかく救急車」

と、エリカはやっとこ立ち上がった。

「エリカも病院へ——」

「私は大丈夫」

原田の直撃は受けなかったのだ。そして、原田もエリカのエネルギーで落下の加速度は大きく鈍《にぶ》ったはずだった。骨折くらいはしているだろうが、命は助かるだろう。

エリカは、集まってきた学生たちの中に、生沢京子の顔を見つけた。エリカと目が合うと、スッと消えてしまう。

しかし、今のエリカには、とても京子を追っていく力はなかった……。

反発

「じゃ、ここで」

と、生沢並子《いくさわなみこ》は車のドアを開けようとした。

「待てよ」

と、佐々木《ささき》が止める。

「え？」

「なあ……。真面目《まじめ》に考えてくれ」

佐々木は並子の肩をつかんで、

「君が今のままでいいと思ってるのなら、それでもいい。しかし、僕のほうの気持ちも少しは――」

「分かってるわ」

と、並子は肯《うなず》いて、マンションのほうへ目をやった。

車で帰ってくるとずいぶん楽だ。タクシーでなく、佐々木の車で。中で眠ってもこられるし。

でも、もちろんそんなことのために佐々木とつき合っているわけではない。

「なあ、並子……」

「佐々木さん。あなたの気持ちはよくわかってるの。ただ——京子《きようこ》がね」

「もう子供じゃない。わかってくれるさ」

「子供じゃないから、むずかしいのよ」

と、並子は言った。

「それに今……あの子、少し不安定なの。気をつけてやらないと」

「それはわかってるが……。君が再婚したって、京子君にとってマイナスになることはひとつもないと思うよ」

「ええ、もちろん。ただ……」

と、並子は言い淀む。

「わかった。——しかしね、一歩ずつでも前進させてくれ。頼むよ」

と、佐々木は笑って、

「おやすみ」

と、軽くキスした。

並子は、佐々木の車が遠ざかっていくのを見送って、マンションの中へと入っていく。

部屋の窓から、京子がそれを見下ろしていたことには、並子はまったく気づいていなかった。

「──ただいま」

並子は、明かりの点いた居間を覗《のぞ》いて、

「京子？」

もう寝たのだろうか。明かりを点けたままで？　京子らしくない。

「らしくない」といえば、このところ京子の様子は確かにおかしい。でも、並子も忙しかった。このところ店の女の子が次々にやめてしまって、大変なのである。

並子はいわゆる「雇われマダム」で、オーナーではないから、成績が悪ければ、いつクビになるかもしれないのである。

そんな中、あの佐々木のプロポーズは、本当に嬉しかった。店の客の中では、佐々木は上品だし、本当にいい人なのだ。

時々、こうしてつき合って帰ってくるが、どうしてもプロポーズに「イエス」と言えないのは、前の夫でこりているせいもあったし、京子がどう思うか心配ということもある。

焦《あせ》らず、佐々木と京子がごく自然に親しくなってくれるのを待ったほうが……。それでは遅すぎるだろうか？

「京子──。寝たの？」

そっと部屋のドアを開けて、並子はびっくりした。

京子が服を着たまま、床に倒れている。

「京子！　──京子！」

並子はあわてて駆け寄った。

佐々木は赤信号で車を止め、欠伸《あくび》をした。

並子と会って帰宅すると、どうしても明け方近くになる。会社には九時に出る必要もないのだが（小さいながらも、会社のオーナーである）、主義として、遅れたくなかった。

まあいつもいつもというわけではないのだし。──それに、並子はそれだけの値打ちのある女だ。

佐々木は妻を十年以上前に亡くして、今五十に手の届くところ。子供もなく、気楽な暮らしである。並子と会ったとき、この女となら、気楽にやっていけそうだ、と思った。お互い、つき合っていても気疲れすることがない。──たぶん、向こうも好いてくれている、と思っていた。

もちろん、並子が娘のことを心配するのもわかる。ちょうど微妙な年ごろかもしれない。しかし、ふたりともそう若いというわけでもないのだ。いつまでも待てない。

「──おっと」

信号が青になっていた。

アクセルを踏んで、ふと目がバックミラーに。そこに女の子が映っていた。

「誰だ？」

パッと振り向く。後ろの座席は空っぽだった。──こんなことがあるのか？

クラクションが鳴った。

ハッとしてブレーキを踏む。

トラックが目の前を横切ろうとしていた。──間に合わない！

佐々木は反射的に両手を上げて、頭をかかえ込んだ。

次の瞬間、車はトラックの横腹にぶつかっていた。

佐々木は、ガラスの破片が自分のほうへ叩きつけられるのを感じた。しかし、何とか動ける。

ドアへ手を伸ばす。開けて外へ……。

そのとき、火が車を包むのが見えた。いかん！　焼けてしまう。

ドアを開けようとして力をこめたが、衝突のショックで歪《ゆが》んだのか、動かない。

畜生！　こんな所で死んでたまるか！

だが、熱と煙で佐々木は気が遠くなってきた。だめか……。もう……。

薄れる意識の中で、佐々木は妙なものを見た。誰か、大きな黒いマントをつけた男が、外からドアをギュッとねじ切るように外して、自分をつかみ出してくれたのだ。

何だ、こりゃ？　吸血鬼みたいな格好してるが……。これは夢かな。死ぬときも人間は夢を見るのか。知らなかった。

佐々木は、そのまま意識を失っていった……。


「──お母さん」

京子は目を開けて、息をついた。

「京子！　良かった。──どうしたの、いったい？」

並子は気がゆるんでヘナヘナと座り込んでしまった。

「お母さん……。どうしてたの、私？」

「どうしてた、って……。こっちが訊《き》くほうでしょ。こんな所で倒れてて、呼んでも起きないし」

「私が？　──そうだったの」

京子は、ゆっくり肯《うなず》いて、

「お母さん……。佐々木さんと一緒だったのね」

「え？　ええ……。そう。そうよ」

と、並子は目をそらした。

「男なんて……。いやだわ！　お母さんだってそう言ってたのに」

「京子――」

「でも、もうおしまいね」

「何のこと？」

と並子は訊いたが、京子は首を振って、

「何でもないの。もう寝るわ」

と言った。

「京子。お医者へ行ってみたら？」

「何ともないの。私、病気なんかしないのよ」

「どうして？」

「私、選ばれた人間なんだもの」

京子はそう言って、部屋を出ていく。

並子は呆気《あっけ》にとられて、床にペタッと座り込んだまま動かなかった……。

マンションの明かりが消えた。

エリカは、表に立ってそれを見上げていたが——。ふと足音を耳にして振り向く。

「田崎《たざき》君」

「あ。神代《かみしろ》さん」

田崎広信《ひろのぶ》は、ギョッとした様子で、

「何してるんですか？」

「君こそ。——生沢京子さんに関心があるの？」

「いえ……。あの——」

と、ためらって、

「気にしてるんです。ちょっといろいろあって——」

「ビデオプロジェクターを使って、彼女に聖母マリアの姿を見せたこと？」

「え？」

田崎が目を丸くする。

「どうやら図星ね」

「でも——僕は後で知ったんです」

と、田崎は言った。

「じゃ、加賀《かが》君と大塚《おおつか》君が？」

「そうです。僕の家に小型のプロジェクターがあるんで、それを貸してくれって。何に使うのか聞かなかったんですけど……」

「どこかにスクリーンを張って、聖母マリアに扮《ふん》した花田《はなだ》ルミさんの映像を映し出したのね」

「知ってりゃ、よせって言ってやったんですけど……」

と、田崎は残念そうに言った。

「それがいたずらですめばいいんだけどね」

と、エリカはマンションを見上げた。

「エリカ」

と、クロロックがやってくる。

「お父さん。どうだった？　――どうしたの、マント、こげてるよ」

と、エリカは目を丸くした。

「うむ。ま、それはともかく、あの女の子をいつもからかっていた男の子たちが危ないかもしれん」

「危ないって、どうしてですか？」

と、田崎が訊く。

「どうやらね、京子さんには並の人間にない力があるらしいの」

「その力が、例の幻を見たことで目を覚ましたのだな」

と、クロロックは肯いて、

「取り返しのつかんことになる前に何とかしなくては」

「田崎君、京子さんを訪ねて、事情を説明して、本当のことを話して、謝るのよ」

「わかりました。でも、こんな時間に？」

「それどころじゃないの！　急いで！」

「はい！」

田崎がマンションへと駆け込んでいく。

「お父さん……」

「どうやら、眠っている間に、どこか別の所へ移動する力があるらしい。――そのふたりの男の子はどうだ？」

「うちはどこかしら。電話して、気をつけろとでも？」

「うむ。――例の先生のように、窓から放り出されるようだと命にかかわる」

原田は、手足を骨折したが、何とか命は取り止めていた。

京子はあのとき下にいたのだ。つまり、何か力を発揮するとしても、その場にいなくてもいいということになる。

「あの先生がどうしてやられたのか、わからないけどね」

と、エリカは言った。

「大方、あの子にちょっかいを出したんだろう。男というものはしょうがない」

「お父さんだって男でしょうが」

エリカは、父の肩をポンと叩いた。

「じゃ、加賀君と大塚君の所へ電話しよう」

エリカは、電話ボックスへ入って、加賀と大塚の所へかけたが、ふたりとも出ない。

「どっちも留守電だわ。——どうする？」

「外にいるとしたら危ないな」

と、クロロックが言った。

そこへ、田崎がマンションから飛び出してきた。

「田崎君！　ここよ！」

「あ、神代さん」

と、田崎は走ってくると、

「彼女、いないんです」

「いない？」

「出てったらしいんです。マンション、裏口があるそうなんで」

エリカとクロロックは顔を見合わせた。

「もしかすると」

と、エリカは言って、

「急ごう！　あのふたりが――」

「加賀たちですか？」

「お父さん、この子と一緒に教会へ行って」

と、エリカは言った。

「私、他に行く所があるの」

報い

大塚《おおつか》はオートバイを飛ばしていた。

夜道は空《す》いていて、気持ちがいい。——もともと、大塚はバイクを飛ばすのが好きだった。

そのかわり女の子にはあまり興味がない。いや、ないわけじゃないが、面倒くさいのである。その関心の裏返しで、生沢京子《いくさわきようこ》などをからかってしまうのかもしれない。

「あいつ……。本当にイカレちまったのかな」

と、大塚は呟《つぶや》いた。

道は、下り坂。右へ左へ、大きくカーブしていて、面白いことこのうえない。

週末になると、ライダーたちが深夜まで集まって上り下りをくり返している所だ。

バイクを傾けて、カーブを鋭角に曲がる。快感がある。

いいぞ。今日のエンジンは最高だ。

他には車もバイクも走っていない。俺ひとりきりだ！　大塚はさらにスピードを上げた。

次のカーブ。――行くぞ！

スピードをほとんど落とさずに、ぐっと曲がっていく。ライトにガードレールが白い帯となって流れて見える。

突然、ライトの中に――女の子が立っていた。じっとこっちを見ている。

あれは――生沢だ。

気がつくより早く、反射的にハンドルを切っていた。何だ？　どうしてあいつがこんな所に？

アッと思う間もなく、バイクはガードレールに向かって突っ込んでいく。

これは……。こんなことって……。これはないよな、そうだろ？

自分がどうなろうとしているのか、大塚にはまったくわからなかった。おい……。まずいんじゃないか、これ？

次の瞬間、大塚の体は宙へ投げ上げられて、真っ暗な夜の奥へと落下していった……。

教会の扉は開いていた。

ギーッときしむ音に、加賀健《かがけん》は肝《きも》を冷やした。

しっかりしろよ、だらしないな！

どこへ入ろうとしてるか、考えてみろ、教会だ！　悪いことなんかあるわけないじゃないか。

中はもちろん暗いが、ステンドグラスを通して外の街灯の光が入ってくるせいか、ぼんやりと中の様子はわかる。

加賀は、静かに扉を閉めると、

「——生沢。——生沢。いるのか」

と声をかけた。

声がワーンと響いて、自分のものじゃないみたいだ。

「生沢……。いるんだろ」

加賀はゆっくりと椅子の列の間を進んでいって、祭壇の前まで来た。どこだろう？　それとも生沢のやつ、来るのをやめたのかな。

「いらっしゃい」

突然、後ろで声がして、加賀は飛び上がりそうになった。

「生沢！　びっくりさせるなよ」

と、加賀は笑ったが、顔は引きつっているだけだった。

「何の用だよ、こんな時間に」

「あなたには機会をあげたかったの」

と、京子は言った。

「機会って？」

「悔い改める機会を。私をいじめたり、からかったりしたことを、詫びてほしいの」

京子の話し方は淡々としていた。

加賀は肩をすくめて、

「おい……。またかよ。何だってんだ？　この前のこと、怒ってるのか。——あれくらい、誰だってやってるじゃないか。そうだろ？」

「でも、あなたは私に嘘をついたわ」

と、京子は言った。

「私はあなたがそんなことをする人だとは思わなかった」

「まあ……。そりゃ悪かったけどさ」

加賀は少しきまり悪そうにして、

「ま、勘弁しろよ。な？　——謝ったぜ。いいだろ、これで」

「心から詫びていないわ」

「おい」

加賀はムッとした様子で、

「何だってんだ？　——そうか。俺に気があるんだろう。何ならここで抱いてやろうか」

　と、笑った。

　突然、ヒューッと音を立てて、風が教会の中で渦を巻いた。加賀は埃《ほこり》が目に入って、あわてて手の甲でこすった。

「何だ！――おい、ドア、閉めろよ！」

　と叫ぶと――ピタリと風が止《や》んだ。

　頭を振って、目をパチクリさせながら、加賀は気づいた。どこも開いてはいなかったのだ。

「今の風は私が起こしたの」

　と、京子が言った。

「何だって？」

「あなたは、私に嘘をついただけじゃない。この教会まで馬鹿にしたのよ。忘れてはいないでしょう」

「俺はなにも……」

　と言いかけて、ちょっとためらう。

「本当だぜ、クリスチャンだったのは。もうずっと教会なんて行ってないけどな」

「それならいっそう許せないわ」

と、京子は首を振った。

「マリア様はおっしゃったのよ。代わって私に罪深い人間を罰しなさいって」

「下らねえ!」

と、加賀は怒鳴った。

「いい加減にしろ! 俺は帰る!」

加賀は出入り口へと歩きだした。とたんに、ゴーッと唸《うな》りを上げて猛烈な風が正面から加賀へと叩きつけるように吹いた。

「ワッ!」

必死で踏んばろうとしたが、とても無理だった。加賀の体は床を転がって、祭壇の手すりにいやというほど叩きつけられた。

「いてて……」

顔をしかめる。風がピタリと止んだ。

「あなたは出ていけないわ」

と、京子は言った。

「畜生! 何だっていうんだ!」

加賀はやっとの思いで起き上がった。

「あなたは罰を受ける。——当然の罰よ」

「お前……」

「好きでやってるんじゃないわ」

と、京子は静かに言った。

「あなたは、根はやさしい、いい人だと思ってた。でも、単なる嘘つきだったのね」

「生沢……。聞いてくれ」

加賀も、やっとこれがただごとでないと気づいたらしい。恐怖の表情が浮かんでいた。

「マリアのお告げっていうのは……作りものだったんだ。俺と大塚で、ビデオにとって……。演劇部の花田《はなだ》っているだろ？　あいつにあんな格好させてさ、それを……。スクリーンを木の間に張って、プロジェクターで映したんだ。――お前をからかってやろうとして。悪かった！　謝る！」

加賀は床にペタッと座ると、両手をついて頭を下げた。

「な、勘弁してくれ！」

「でたらめばかりね」

京子の声に、怒りがこもっていた。

「本当だ！　大塚の奴に聞いてくれ！」

と、加賀は必死で言った。

京子の顔に、奇妙な笑いが浮かんだ。

「大塚君には、もう何も聞けないわ」

加賀はポカンとして、

「——何でだ？」

「大塚君はね、オートバイで事故を起こしたのよ」

と、京子は言った。

「私、ちゃんと見てたわ」

加賀は青ざめた。

「お前……。大塚に何したんだ！」

「何もしないわ。あの人が勝手に道路の外へ飛び出しただけ」

「嘘だ！　わざとやったな！　こいつ！」

加賀は、手近な木の椅子をつかむと、両手で振り上げ、京子に向かって投げつけた。

と——椅子は空中で何か見えない拳を叩きつけられたかのように、音をたててバラバラになってしまった。

加賀は呆然と立ちすくんだ。

「——分かった？」

と、京子は言った。

「私にはマリア様がついててくださるの」

加賀はペタッと床に座り込んでしまった。

すると――急に床の上に火が燃え上がった。炎が輪を描いて、加賀の周囲を囲んだのだ。

「おい……。何だ、これ？　やめてくれ！　謝るから、消してくれ！」

加賀は悲鳴を上げた。

炎の輪は少しずつせばまってきて、加賀へと近付いてくる。

「助けて……。やめてくれ！」

加賀は頭をかかえた。

「頼む！　――京子！」

教会の中に、煙が渦を巻いた。炎は弱まるどころかさらに大きく伸び上がって、ゴーッと音をたて、加賀の姿を覆《おお》いつくそうとした。

そのとき、ステンドグラスが大きな音をたてて砕けた。

京子がハッと顔を上げる。――教会の壁に、聖母の姿が浮かび上がった。

「マリア様……」

京子は膝《ひざ》をついた。

「赦《ゆる》しなさい」

と、そのマリアが言った。

「私どもの役目は赦すことで、罰することではありません」

「マリア様——」

「あなたの憎しみを捨てなさい。赦すことがあなたの勝利なのですよ……」

おごそかな声が響いた。

京子がうなだれる。

「さあ、立って。——その人を赦してあげなさい」

と、言って、聖母の姿は消えた。——すると、炎が急に勢いを失った。

京子は立ち上がった。

炎は消えかけている。そして、京子が歩み寄ると、スッと完全に消えてしまった。

加賀は、こげた床の上で、背中を丸めてうずくまっていた。

「——加賀君」

と、京子が言った。

「え……」

加賀がこわごわ頭を上げて、

「火は？」

「消えたわ。もう大丈夫」

加賀は、びっしょりと汗をかいていた。

「今、わかったわ、あなたのこと、好きだったの。裏切られた、っていう気持ちが、こんなことをさせたのね。――ごめんなさい」

と、京子は言った。

「――ごめんなさい」

加賀は、目を伏せた。

京子は、振り向くと、扉のほうへ歩きだした。扉が、静かに開いた。

外の穏やかな風が、煙の残る教会の中へ流れ込んできた。

――京子が姿を消すと、

「やれやれ」

と、クロロックはため息をついた。

「間に合って良かった」

エリカがさすがに息を切らしている。

「田崎《たざき》君、ありがとう」

「どういたしまして」

田崎がはしごを下りてきた。

「重かったでしょ」

「持っとったのは、私だぞ」

と、クロロックが主張した。

教会の外にはしごをかけ、ステンドグラスを割って、中の壁にプロジェクターの映像を映し出したのだ。

エリカが花田ルミの家へ走って、新たにマリアの姿と声を収録したのである。

クロロックの力をもってしても、何十キロかあるプロジェクターを、じっと動かないように持っているのは楽じゃなかったらしい。エリカだって、下で発電機を動かしていたのだ。

「でも……生沢の力、凄《すご》いや」

と、田崎は言った。

「もう忘れて。彼女のためにもね」

「そうします」

「もともと内に秘めて持っていた超能力が、ちょっとしたきっかけで目覚めたのだな」

と、クロロックが肯《うなず》く。

「人間って、凄いものなんですね」

田崎は素直な感想を述べた。

「吸血鬼はもっと凄いぞ」

「は？」

「いや、何でもない」

と、クロロックは言って、

「エリカ、帰ろう。夜ふかしすると体に良くない」

吸血鬼にしちゃ、妙なセリフだった。


「——お母さん」

マンションの玄関へ入って、京子が呼ぶと、並子《なみこ》が飛び出してきた。

「京子！」

「ごめんなさい……」

と、京子は目を伏せて、

「私——」

「さあ、上がって。心配してたのよ！」

「うん……。でも——」

京子は、居間へ入って目をみはった。

「やあ」

と、佐々木《ささき》が言った。

服がこげ、破れたりして、ひどい格好ではあったが、何とか無事な様子だ。

「ひどい事故にあったのよ、佐々木さん」

と、並子が言った。

「大変でしたね」

「うん。しかし、あれで助かったんだ。もう当分事故にはあわんよ」

と、佐々木は笑った。

「あの……」

「妙な人が現れてね。引っ張り出してくれたのさ」

「妙な人……ですか」

「うん。――ま、日ごろの心がけが良かったんだね、きっと」

「何を言ってるんですか」

と、並子が笑った。

京子も――もうこの家にはいられないと思っていたのだが――一緒に笑っていた。

電話が鳴りだし、京子はすぐに出た。

「――はい。――あ、田崎君? ――ええ、大丈夫」

「そうか。良かった。あのね……」

と、田崎は少し間を置いて、

「大塚の奴、バイクで事故起こして――」

「事故？」

「でもね、悪運強くてさ、手首折っただけで助かったんだ」

「——本当？」

京子の顔がサッと紅潮した。

「ああ。ホッとしたよ。いくらワルでも、友だちだものな」

「そうね……」

「な、生沢。——悪かったな。いろいろ」

京子はごく自然に笑顔になっていた。

「いいの。もう忘れるわ」

「ありがとう。——いい奴だな、お前」

京子はちょっと笑って、

「せめて、『すてきな奴だ』くらい言ってよね」

と言った……。

「——京子、何だったの？」

「何でもない」

京子は元気よく言うと、

「私、もう寝るわ。ごゆっくり」

と、佐々木のほうへ言った。

「ゆっくりしててもいいのかね」

「それは、お母さんと相談して決めてください」

京子は、居間を出ていく。

並子はふと赤くなって、佐々木と顔を見合わせたのだった……。

エピローグ

京子《きようこ》は、階段を上ってきた。

そう。——この前は、この教室が空《から》っぽで……。

ずいぶん前のような気がする。あれから、何もかも変わったのだ。

ドアを開けて——京子は面食らった。

教室は空っぽで……しかし、ひとりだけ、加賀《かが》が立っていたのだ。

「どうしたの、これ？」

「うん、実は……」

と、加賀が少し照れたように言って近付いてくる。

「また何かやろうっていうの？」

「やらない！　本当だよ！」

と、あわてて言った。

「ただ……ふたりきりにしてくれたのさ、みんなが」

「ふたりきりって――」

「これ……」

と、加賀が小さなリボンをかけた箱を差し出す。

「何なの？」

「誕生日、おめでとう」

京子は、初めて気がついた。――そうだった！

と、廊下のほうから、ワーッと拍手と歓声。びっくりして振り向くと、いつの間にかみんなが入り口から覗《のぞ》いている。

「みんな……どうして――」

と、京子が加賀のほうへ顔を戻すと、いきなり加賀が京子にキスした。

ワーッと再び拍手。

「もう！」

京子は真っ赤になった。

「何するのよ！」

「いけなかった？」

「そんな……人の見てる前で」

京子は加賀の腕を思い切りつねった。

「いてて！」

加賀が飛び上がり、みんなが大笑いして——ともかくにぎやかだった。

エリカは、階段のあたりでその様子を眺めていたが、

「良かったわ」

と肯《うなず》いて、みどりと千代子《ちよこ》を促《うなが》し、階段を下りていった。

「——でもさ、あの子、一年生よ」

と、千代子が言った。

「それがどうかした？」

「私たち二年生なのに、どうして恋人もいないの？」

「知るか」

と、エリカは笑って、

「文句は作者に言ってよ！」

青きドナウの吸血鬼

海外出張

「ただいま」

と、神代《かみしろ》エリカは、玄関を上がって声をかけた。

「お母さん？　――あれ？」

台所には母（といってもエリカよりひとつ若い）の涼子《りょうこ》の姿はなく、夕食の支度もできていない様子。

「お腹ぺコぺコなのに……」

と、エリカはブツクサ言いながら、マンションの奥の部屋へと入っていった。

「お母さ――」

エリカが最後まで言い切らなかったのは、ドアを開けたとたんに、飛んできたスカートがスポッと頭を包んでしまったからだった。

「あらエリカさん？　――何してるの？　スカート頭からかぶって。虎《とら》ちゃんと遊んでくれてるの？」

エリカは、かぶっていたスカートを取って、腰に手を当てると、

「冗談じゃないわよ。自分で投げたんでしょう」

と、文句を言ってから――唖然とした。

寝室の床いっぱいに散らばっている服。足の踏み場もない、というのはこのことだ。

「空き巣でも入ったの？」

と、エリカは訊《き》いた。

「どうして？　荷物を詰めてるのよ」

エリカは、そのときになって初めて、大きなスーツケースがベッドの上に広げてあるのに気づいた。

しかし、どう見ても、この状態は「詰めている」というより、「散らかしている」ほうに近い。

「家出するの？」

と、エリカが訊くと、

「どうして私が家出しなきゃいけないの？」

「だって荷造りして……」

「家出するなら、あの人のほうでしょ。何かあったって、私と虎ちゃんはここを動かないもん」

涼子の考え方ははっきりしていた。

「じゃあ、旅行？　珍しいわね」

と、エリカは言った。

「そう！　あの人がね、ヨーロッパへ連れてってくれるって」

「ヨーロッパ？」

エリカは目を丸くした。

「そうなの。悪いけど、しばらく留守にするから、お願いね」

鼻歌など口ずさみながら、涼子は荷物を作っている。

「――虎ちゃんは？」

「その辺の洋服の山の中にいると思うけど」

「そうじゃなくて……。旅行の間、どうするの？」

「もちろん連れてくわよ！」

と、涼子は言った。

「可愛い虎ちゃんを置いていけるもんですか！　ねえ」

「ワア」

洋服の山がパーッと噴火でもするように飛び散ったかと思うと、虎ちゃんが元気いっぱいに両手を振り回していたのだった。

エリカはホッとした。——正直、虎ちゃんを置いていかれたらどうしよう、と思っていたのである。

大学に、虎ちゃんをおんぶして通う我が身を想像して、ゾッとしていたのだった。

それにしても——ヨーロッパ？

えらくまた突然な話だ。何かあったのだろうか？

「あら、電話だわ。エリカさん、出てくれる？　ちょっと手が離せないの」

「あ、はいはい」

居間へ駆けていって出ると、

「もしもし。——あ、お父さん？」

「エリカか。帰ってたのか」

父、フォン・クロロックがホッとした様子で言った。

「今しがたね。ねえ——」

「涼子の奴、何しとる？」

こわごわ、という口調で訊く。だいたいが恐妻家なのだ。

「荷造りしてるよ。ヨーロッパへ行くんだって？　ずいぶん急ね」

と、エリカが言うと、

「やっぱりそうか！」

と、クロロックはため息をついた。

「どうしたの？」

「いや……。実はな、涼子の誤解なのだ」

「どういうこと？」

「仕事で、ゆうべコンサートに行ったのだ」

「仕事でコンサートに？」

「うむ。——正確に言うと、仕事の関係でつき合っとる女性から『コンサートのチケットが一枚余っているので、いかが？』と誘われてな。こっちもやむをえずついていったのだ」

「私に言いわけしなくたっていいわよ」

「いいか。こりゃ内緒だぞ」

と、クロロックは電話なのに声をひそめた。

「何しろ、その女性は三十になるやならずの美人でな」

そりゃ、お母さんにばれたら大変だわ。

エリカはチラッと寝室のほうへ目をやった。

——涼子が、〈ローレライ〉なんか歌っているのが聞こえてくる。

何しろ涼子は、えらいやきもちやきなのである。クロロックが美人とふたりでコンサートへ行ったなんて知ったら、髪を逆立てて怒りかねない。吸血鬼よりよっぽど怖い（作者の奥さんも怖いが、これほどではない）。

「それで、どうしてヨーロッパへ行く話になったの？」

と、エリカは訊いた。

「プログラムがな――」

「一部千円とかで売ってるやつ？」

「そうじゃなくて……曲目が、だ」

と、クロロックは言って、ふと夢見るような目つきで（声だけでも、想像がついた）、

「あの……〈美しく青きドナウ〉だったのだ……」

オーケストラが、〈美しく青きドナウ〉を演奏し終わると、クロロックは思わず立ち上がって、

「ブラボー！」

と叫んでいた。

何しろ、本物の吸血一族の正統な子孫であるクロロック。体力も人並み外れているが、声もその気になると、とてつもなく大きい。

ブラボーの声は、満場の拍手を圧倒して響きわたり、周囲の客を唖然とさせた。しか

し、声をかけられたオーケストラは悪い気がしなかったようで、指揮者もニッコリ笑って、クロロックのほうへ一礼したのだった……。

「──いや、まったくすばらしい！」

休憩時間になってロビーへ出ると、クロロックは涙を拭《ぬぐ》った。〈美しく青きドナウ〉を聞いて、涙が出たのだ。

「とてもお好きなんですのね」

と、その女性は言った。

「クロロックさんをお連れして良かったわ」

「いや、ありがとうございます。お礼に血でも──いや、ワインでもいかがですか？」

「ええ、いただきます」

今のコンサートホールは、ロビーもだいぶ華やかになって、ワイン、シャンパンのサービスもある。

「──じゃ、私、シャンパンを」

と、永井《なが い》恭子《きようこ》は言った。

「シャンパン！　さよう。こんな夜にはシャンパンが似合いますな」

クロロックは売店でシャンパンをふたつ買うと、永井恭子へと持っていった。

「じゃあ──乾杯」

「美しきドナウに」

「青きドナウに」

と、ふたりは笑って、チリンとグラスが鳴った。

――永井恭子は、三十歳前後か。ほっそりとして色白、好奇心の溢《あふ》れる目には、少女のような輝きがあった。

うりざね顔の美人である。こんなときのロングドレスが、いかにも似合っている。

「あの曲がお好きなんですの?」

と、永井恭子がロビーをゆっくり歩きながら訊く。

「というより――ドナウ河そのものが懐かしいのです」

「まあ、じゃ、ドイツかオーストリアで過ごしていらしたんですの?」

「いや、ドナウはですな――」

クロロックはちょっと咳払《せきばら》いすると、

「ドイツ、オーストリアを流れているだけではありません。源《みなもと》はドイツですが、オーストリア、チェコスロヴァキア、ハンガリー、ブルガリア、ルーマニア、と流れ、最後は黒海《こっかい》へ注ぐのです」

「まあ、そんなにいろんな国を?」

と、永井恭子は目を丸くした。

「少しも知りませんでしたわ」

クロロックの出身は、ルーマニアのトランシルヴァニア地方。そこにもドナウ河は流れていた。今日の〈美しく青きドナウ〉が、クロロックの郷愁を誘ったのである。

「もう、ずいぶん長いこと、この目でドナウを見ておりません」

と、クロロックはため息とともに言った。

「クロロックさんのそのスタイル、そちらのほうのご出身でいらっしゃるからなんですね」

と、永井恭子が改めてクロロックのマントをはおったスタイルを眺める。

「そんな格好がお似合いになるのは、やはり育ちというものですわね」

――永井恭子は、有名なホテルのオーナーである。もちろん父親の代から引き継いだものだが、二十代のうちから、この方面に才能を発揮し、次々に海外のホテルも系列下におさめていた。

若いに似合わず、「やり手」という評判である。もちろん、中小企業の〈クロロック商会〉などとは、月とスッポン。

「ドナウをご覧になりたいでしょうね」

と、永井恭子が言った。

「もちろんです！　しかし、社長業をつとめる身としては、のんびり海外へ遊びに行くというわけにはいきません」

と、クロロックは言った。

永井恭子は何か考えている風だったが、

「――後半は何の曲でしたかしら？」

と、我に返ったように、話を変えたのだった。


「それで？」

と、エリカは電話で父に言った。

「お父さんが海外へ行けないのは、ただ月給が安いからでしょ」

「そうはっきり言うな」

「で、どうしてこんなことになったわけ？」

「今日の午前中、会社へ電話がかかってきたのだ。永井恭子から」

「へえ。何て？」

「『ウィーンのホテルをひとつ買収することになりましたの』と言ってな。ついては、その視察かたがた、一緒に行こうというのだ」

「へえ。――お父さんとふたりで？」

「誤解せんでくれ。もちろんこれはビジネスだ。うちの商会から、そのホテル用に、夕オルやスリッパを入れることになっておる」

タオルやスリッパを決めるためにウィーンまで出かけていかなくてもよさそうだが……。

「その話を……まあ、断るわけにもいかんしな。大切な上得意だ。それで、明日出発というので、用意をしてもらおうと、涼子へ電話したのだが……」

エリカにも察しはついた。

「お母さん、当然自分も一緒、と思い込んだのね」

「うむ……。飛び上がって喜んでいるのが、電話でもわかってな。私だけとは言いにくくなってしまった」

「でも、どうするの？　お母さん、虎ちゃんも連れてく気よ」

「そうか……。いや、参ったな」

「今さら、本当のこと言っても、とても納得してくれないわよ。何か都合で行けなくなったってことにして、お父さんも諦《あきら》めるしかないわ」

「うむ……」

クロロックがため息をつく。

――エリカとしては、「故郷」へつながるドナウの流れを見たいという父の気持ちもよくわかった。

しかし、たとえ「誤解」はとけたとしても、クロロックが、その「美人」とふたりでヨーロッパへ行くなんて聞いたら……。涼子の攻撃で、クロロックは逃げ回らなくてはならない。

その光景が目に見えるようで、エリカは考え込んだ。

娘として、父の幸せを願っているのだ（！）。

「──お父さん」

「何だ」

「その永井恭子さんって人、どこにいるの？」

と、エリカは訊いた。

吸血鬼ツアー

「クロロックさんのお嬢さん？　まあ、よくいらしたわね。どうぞ、お入りくださいな」

永井恭子《ながいきようこ》は、クロロックの〈社長室〉（一応そういう部屋がある）とは桁違《けたちが》いの――それも一桁どころか二桁は違うという立派な〈社長室〉の奥に座っていた。

しかし、社長にしては若くて、決して大柄というわけでもないのに、この部屋が「広すぎる」ようには見えない。たいした貫禄である。

「お忙しいところを、お邪魔してすみません」

と、エリカは少し固めの、座り心地のいいソファに腰をおろした。

「いいえ。――今、大学生？」

と、永井恭子は微笑《ほほえ》んで、

「私も以前はそんなころがあったんだわ」

と、言った。

「実は、お願いがあって、伺《うかが》ったんです」

「何でしょう？」

「父と明日、ウィーンへ発つと……」

「ええ。仕事の上で、やはり現地へ行っていただいたほうが、と思ったものですからね」

「それを——中止になった、ということにしていただけないでしょうか」

永井恭子は目をパチクリさせた……。

エリカが、後妻の涼子の「やきもちやき」であること、そして父の言葉で、すっかりとんでもない方向へ話が進んでいることを説明すると、永井恭子は興味津々という感じで、

「そんなに若い奥様が？　ちっとも知りませんでしたわ」

と、エリカを眺めている。

「すると、クロロックさんの家庭の平和のために、私とクロロックさんがふたりでヨーロッパへ出張するのは、都合が悪いというわけね？」

「そういうことなんです。せっかくのご厚意を——。でも、父の話じゃ、母も納得しないと思います。あなたから、直接母へ話していただけないでしょうか」

エリカの頼みを、むしろ永井恭子は面白がっている様子だった。

「でも、要は、奥様たちがご一緒に行かれればよろしいんでしょ？」

「ええ……。それはそうですけど」

「じゃ、ご一緒に。ホテルは私の持ち物ですし、旅費もずいぶん割引になりますの、株主の関係で」

エリカが面食らう番である。

「あの……それじゃ、母も一緒に？」

「ええ、ぜひ！　旅は大勢のほうが楽しいわ」

と、永井恭子は、はしゃいだ声を上げ、

「そうだわ。エリカさん——でしたっけ？　あなたも一緒にいらっしゃいよ」

エリカは言葉に詰まって、何とも言えなくなってしまった……。


「で——何ですって？」

と、大月《おおつき》千代子《ちよこ》が言った。

「エリカも一緒にウィーンに行く？」

と、テーブルをバンと叩いたのは、橋口《はしぐち》みどりで、

「許せない！」

「そうよ。あまりにも安直よ」

「作者がいい加減だわ」

とふたりで盛り上がっている。

「まあ、気を鎮《しず》めて」

と、エリカは言った。

「ね？　この夕食、おごるから。いいでしょ？」

「夕食ぐらいで、ひとりだけウィーンへ遊びに行くのを、許せっていうの？」

「そうよ！　しかも、留守中のノートを後で見せろ、だなんて——。図々しい！」

——大月千代子。ヒョロリとノッポ。橋口みどり。太めで逞《たくま》しい。

おなじみの、エリカの親友たちである。もちろん、同じ大学に通っている。

しかし、今回ばかりはことがことだけに、ふたりともむくれてしまっている。

「みどり」

と、千代子が言った。

「今後、エリカとは口をきかないことにしようか」

「そうね。用があるときは殴るか、けるか」

「ちょっと……。こっちだって、好きで行くんじゃないのよ。行けば虎《とら》ちゃんのお守りをしなきゃなんないんだし」

「じゃ、代わりに行ったげるわよ。ねえ」

「ねーえ」

とふたりでやっている。

「おみやげ買ってくるからさ。——ね？」

エリカがさんざんご機嫌をとって、何とかふたりをなだめる。

なに、ふたりとも本気で怒っているのではない。ちゃんと、留守中のマンションの掃除まで引き受けてくれる（もっとも、タダではないが）。

「じゃ、マンションに行こう」

と、エリカが食事を終えて、立ち上がる。

「細かいこと、説明しとくからさ。新聞代の集金とか、来ると思うから……」

——みどりたちがレストランを出る。支払いはもちろんエリカで、レジの所で財布を出して払っていると……。

エリカたちと近いテーブルに、背中を見せて座っていた男が、スッと立ち上がった。

顔を伏せがちにして、ウエイターへ、

「代金はテーブルに置いた」

と一言、先に出たエリカの後を追うように、レストランから出ていったのである。

みどりと千代子を連れてエリカが帰ってくると、マンションの表に、凄《すご》いリムジンが横づけされていた。

「これ、どうしたの?」

と、みどりが言った。

「誰かが乗ってきたんでしょ」

エリカがわかり切った返事をする。しかし、まさかその「当人」が自分の所へ来ているとは、思ってもいなかったのである。

「――まあ、エリカさん」

永井恭子が、居間のソファに座って、なんとその膝《ひざ》の上に虎ちゃんがのっかって遊んでいるのを見て、エリカは目を丸くした。

あのリムジンは、当然永井恭子が乗ってきたわけだ。

「――おお、帰ったのか」

クロロックが大きなトランクをかかえてやってくる。ニコニコと上機嫌である。

「お父さん、あの……」

「うむ。お前も早くスーツケースを詰めろ」

「今夜やるわよ。だって、明日でしょ、出発は?」

「そりゃそうだが、せっかくこちらが荷物を運んでくれるとおっしゃっているのだ。できるだけ、身軽なほうがいい」

「そうですわ。今、秘書が来ますから」

と、永井恭子が言って、

「じゃあ、虎ちゃんも運んでっちゃおうかな？　ねえ？」

「ワア」

虎ちゃんも、美人が相手をしてくれているせいか（？）、楽しげだ。

「私、いいわよ。自分の荷物は自分で運ぶから」

と、エリカは言って、みどりと千代子のふたりを、永井恭子へ紹介した。

「お友だち？　すてきね」

と、永井恭子は、何だかいやにしみじみした口調で言った。

「私には学校時代の友だちがいないの」

「学校、行かなかったんですか？」

と、みどりが素直に訊《き》いて、エリカにわき腹をつっつかれた。

「サボってばかりいたの」

「じゃ、私たちみたい」

と、みどりは嬉しそうに言った。

「父は――私が高校生ぐらいのころから、仕事を手伝わせたの。十七歳で部長。十八歳で専務。学校へ行くより、仕事を覚えろと言われてね」

「はあ……」

みどりと千代子は、呆気《あつけ》にとられている。

「ですから、学校時代の友だちって、凄く大切だと思うの。利害関係なしに、本音で何でも言えるのって、学生時代の友だちでしょ？」

「そうですね」

エリカは、この若き「女社長」の中の、意外な寂しさを見たような気がした。

「だから、本音で『ずるい！』って、さんざん言ってやったんです」

と、みどりが言ったので、永井恭子は楽しげに笑って――そして言ったのである。

「じゃあ、エリカさん、このお友だちも一緒に連れていったら？」

――ポカンとした間。

玄関で、

「失礼します」

と、男の声がした。

「はい！」

エリカが飛んでいくと、

「永井社長の秘書で倉田《くらた》と申します」

がっしりした体格の青年が立っている。

「お荷物をお預かりしに参りました」

「どうも……。お父さん！　トランク！」

「ああ。——いや、お手数ですな」

と、クロロックが両手に大きなトランクをかかえて出てくる。

何しろ涼子の荷物が滅法多い。虎ちゃんのためのものもあるが、服だの靴だの、えらい荷物である。クロロックは気軽に持っているが、さすがに人間である倉田という秘書は、二回に分けて、

「下にバンが停めてありますので、積んできます」

と、いったん、トランクを両手にひとつずつさげて出ていく。

「すみません、どうも」

と声をかけて、エリカは父へ、

「ちょっと図々しくない？」

「なに、構うもんか。若いうちは体力を使ったほうがいいのだ」

「自分とこの社員じゃないのよ」

「うむ。——それはそうだが」

いい加減な社長である。明日から懐かしきヨーロッパ、というので、多少舞い上がっているのかもしれない。

居間へ戻ると、みどりと千代子が電話をかけている。いや、ふたり同時というわけではない（かけられるわけがない）。

今はみどりで、

「――そうなの。明日出発でね。――うん、構わないんだって。――大学？　そんなもん何とでもなるわよ！　――ね、パスポートって持ってたっけ？」

エリカは啞然として聞いていた。

「――うん。じゃ、すぐ帰って荷造りするから。スーツケース、出しといて」

みどりが切ると、千代子がすぐに代わって自分の家へかけている。

「あの……」

と、エリカは、永井恭子へ言った。

「みどりと千代子も……」

「ええ、おふたりとも都合がつくってことだから」

何としてでも、都合をつけるに決まっている！

「それじゃ、あんまり申しわけありません」

とエリカは言ったが、

「気にしないで。――さ、私も帰って支度をしなきゃ」

と、永井恭子は立ち上がった。

「表までお送りしましょう」

と、クロロックもサービスのいいこと。

――表に出ると、リムジンの運転手がドアを開けて待っている。

少し後ろに、ライトバンが停まっていて、あの倉田という秘書がせっせとクロロックたちの荷物をのせている。何だか申しわけない気がした。

エリカも父について出てきていた。

「じゃ、明日、成田《なりた》で」

と、永井恭子が乗り込もうとする。

「ちょっとお待ちを」

と、クロロックが止めた。

「は？」

「今、鳴き声がしませんでしたかな？　猫のような」

「猫？　――いいえ、私は何も……」

「いや、確かに車の下のほうから聞こえましたぞ。ちょっと失礼」

と、クロロックはかがみ込むと、地面に腹這《はらば》いになって、大きなリムジンの下を覗《のぞ》き込む。

「――いたいた。――こら、逃げんと車にひかれるぞ」

と、クロロックが言うのが聞こえてくる。

「まあ、やさしい方なのね」

と、永井恭子は感心している。

「そうですか……」

どこか妙だ。――エリカの耳にも、猫の鳴き声など、まったく聞こえなかったのである。

クロロックが起き上がり、

「いや、お待たせしました。どうぞ」

「ありがとうございます」

と、微笑んで、乗り込もうとする。

「――何だ、姉さんか」

と、声がした。

「貞矢《さだや》！」

永井恭子が面食らった様子で、

「何してるの、こんな所で」

「用があったのさ。この近所で」

背広姿でも、真面目《まじめ》に勤めているという印象ではない。

酔っているらしく、酒の匂いをプンプンさせていた。匂いにも敏感なエリカは顔をしかめた。

「姉さんこそ何してんだい、こんな所で？」

それには答えず、

「乗りなさい。送るわ」

と、永井恭子は言った。

「帰るんじゃないんだ」

「いいわよ。どこの女の子のところでも、送っていくから」

その男はちょっと笑って、

「女の所へ行くときくらいは、自分のこづかいで行くさ」

と、何となく含みのある言い方をして、

「じゃ。――姉さんも事故に気をつけて」

と言って、フラフラと行ってしまう。

――永井恭子はため息をつくと、

「お見苦しいところをご覧にいれて」

と言った。

「弟さんですかな？」

「はい。——母親があまやかしたものですから、いっこうに働こうともせず……。父が私に仕事を継がせたのも、面白くないんでしょう」

「しかし、父上の選択は正しかった、と言わざるを得ませんな」

と、クロロックは言った。

「そうおっしゃっていただくと……」

と、女社長は少し嬉しそうに頰を染めた。

「では、明日。——旅行が楽しみですわ」

そう言ってリムジンに乗り込む。

巨大な車体は、滑るように遠ざかっていった。

夜の中に、テールランプが見えなくなるまで見送って、

「いろいろ、苦労はあるのね」

と、エリカが言った。

「うむ……」

クロロックは何やら深刻な表情で、考え込んでいる。

「お父さん。猫って、何のこと？」

「うむ？　——ああ、これだ」

ポケットから取り出したのは、握り潰《つぶ》されて壊れた小さな目覚まし時計と、マッチ箱

ほどの黒い塊《かたまり》。

「妙な所でカチカチ音がしていたのでな」

「それが車の下に？」

「貼りつけてあった。時限爆弾だろう」

エリカは目をみはった。クロロックの耳の良さが、永井恭子の命を救ったことになる。

「誰かに狙われてる？」

「そうらしい。――ま、父親が早く死んで、跡を継いだ若い女社長だ。何かと恨みを買うこともあろう。それにだ」

と、「弟」の行ったほうをチラッと見て、

「母親は、あの貞矢という弟を可愛がっていて、娘とは仲が悪い。しかし、弟のほうはあの通りのぐうたらだ」

「もう二十七、八？」

「二十七歳だ」

ふたりはマンションの中へ戻ると、エレベーターに乗った。

「――結構、いろいろありそうな旅になるかもしれないわね」

と、エリカは言った。

「うむ。気がついたか、あの弟の酒くささ」

「当たり前でしょ」

と、エリカが顔をしかめる。

「だがな、あの匂いは、服にしみついたものだ。しゃべっていたときの息は、まったくアルコールが匂っていなかった」

「何ですって？　じゃあ……」

「酔っているように見せかけたのだな」

クロロックはそう言って、

「おい、荷物を作るときに、虎ちゃんのオモチャを少しそっちへ入れてくれんか」

と、話題を変えたのだった……。

出発便のご案内

突然、明日ヨーロッパへ行くからね、ということになっても、人間、何とかその気になればできるものだということを、エリカは知った。

もちろん、みどりと千代子《ちよこ》がふたりともパスポートを持っていたからこそ可能だったのだが、それにしても、翌日の午後一時、成田《なりた》空港の出発ロビーに、スーツケースをガラガラと引いてやってきた千代子とみどりのふたりは、立派に（？）旅支度を整え、カメラもぶら下げていたのである。

「オス、エリカ！」

と、みどりが手を振る。

「よくやったわねえ」

と言ったものの、エリカだって人のことはあんまり言えない。

「あれ、お宅の一家は？」

「早く着きすぎて、向こうで休んでる」

と、エリカは言った。

「それにしても……本当に行くのよね」

と、千代子など、まだ自分の頰《ほお》をつねってみたりしている。

「あの女社長さんがみえてないわ。まだ時間は充分にあるけど」

と、エリカが言うと、ちょうどあのゆうべのリムジンが表に停まるのが見えて、永井《ながい》恭子《きようこ》が、秘書の倉田《くらた》を連れて降りてきた。

「——こんにちは」

と、永井恭子はパンツ姿でさっそうとしている。

「どうも。父たちは向こうに」

「今、倉田君が手続きをしてくれるから」

と、恭子は言った。

「とてもいいお天気。旅行日和《びより》になりそうね……」

確かに、爽《さわ》やかな天気だった。しかし——エリカには、ゆうべの「爆弾」がひっかかっている。

「エリカさんは、彼氏とかいないの？」

と、恭子が訊《き》いた。

「え……。まあその——今のところは」

と、エリカが少々照れていると、

「もてないだけ」

と、みどりがあっさりと言って、エリカににらまれている。

「チェックインしてから、ラウンジで休みましょう」

と、倉田が上着のポケットからチケットの束を取り出し、

「社長、どなたと並ばれますか？」

「そうね……。エリカさん、良かったら、並んでいただける？」

「ええ。どうせ私は父と母からのけ者にされてますから」

と、エリカは言った。

恭子は楽しげに笑って、

「じゃあ、もてない同士で並びましょ」

と言った。

エリカとしては、どうせクロロックは涼子《りょうこ》と虎《とら》ちゃんにかかりきりだし、ゆうべのこともあるから、永井恭子のそばにいたほうがいいという気持ちもあったのである。

「――おっと」

と、通りかかった男が、恭子の足もとのスーツケースにつまずいて、

「失礼」

と会釈《えしやく》した。

「あ、いえ——こちらこそ」

何となく、エリカは妙なものを感じた。

今の男が、わざとつまずいたように見えたのである。

年齢《とし》のころは四十七、八か。少し髪の白くなった、なかなか渋い紳士である。

同じ便に乗るのか、航空会社のカウンターへと歩いていき、倉田と並んで手続きをしている。

クロロックたちもやってきた。ゆうべ大きな荷物は預けてしまっているのに、いい加減たいした量の荷物で、エリカを呆れさせている。

虎ちゃんは母親に手を引かれて、遊園地にでも遊びに行くのか、と思っているらしい。

「——お待たせして」

と、倉田が戻ってきた。

「じゃ、ラウンジで休みましょう」

ファーストクラスの客用の待合室というものがある。そこを「ラウンジ」と呼んでいるのである。

「凄《すご》い！」

と、みどりは感激し、

「もう生涯に二度とこんな旅はできないわ」

と、千代子はなぜか悲壮な表情である。

――ゾロゾロと一行が、空港内のラウンジに向かう。

はた目には何の団体かわからなかっただろう。

航空会社別になったラウンジのひとつ、自動扉がガラッと開いて、みんな中へ入る。

ソファが並んでいて、飲み物やスナック類は自由に口にできる。

「時間はありますから、適当に座って――」

と言いかけて、恭子の顔がこわばる。

「お母さん！　何してるの？」

「あら、恭子。珍しいわね。同じ飛行機かしら」

えらく派手な格好、ブレスレットだのネックレスだの指輪だの、キラキラ光らせている女性――六十近いだろう。派手な化粧をしているので、かえって老けて見える。

「何だ、姉さんか」

その母親のわきに立ったのは、ゆうべの弟、永井貞矢《さだや》であった。

ぐんとスピードが上がったと思うと窓の外の風景が傾く。

「飛んだ！」

と、みどりが興奮の声を上げて、

「困るでしょ、飛ばなかったら」

と、千代子に馬鹿にされている。

——機はウィーンに向けて離陸したところだった。

エリカも不思議な気分だ。父の血が半分入っているということ——、その「故郷」を、これから初めて見に行くのだということを考えると、一種の感慨にとらえられるのだった……。

「母のこと——」

と、永井恭子が言った。

「妙だと思うでしょうね。——本当の母なのに、まるで他人。いいえ、他人以上にお互い嫌い合ってる」

同じファーストクラス、しかし、だいぶ離れた席に、母と息子が並んでいた。

「父は私を、母は弟を可愛がったわ。まるでごひいきのスターみたいにね」

キャビンアテンダントが飲み物を訊きに来る。エリカはアップルジュースを頼んだ。

「——でも、お父様の選択は正しかったんですね。あの弟さんが仕事を継がれてたら、とっくに倒産してたでしょ」

「そうね。——弟ももう二十七。ぶらぶら遊んでちゃ仕方ないと思うんだけど」

と、恭子はため息をついた。

「あの――恭子さん、と呼んでいいですか?」

「ええ、もちろん」

「お母様と弟さん、どうしてついてこられたんだと思います?」

「さあ……」

恭子は当惑した様子で、

「正直、さっぱりわからない。私がヨーロッパ視察、というんで、一緒に来たくなったのかしらね」

そんなことではあるまい。

エリカは、ゆうべの爆弾のことを、恭子に話そうかとも思ったが、あれを仕掛けたのが誰か、わかっているわけでもなし、今は何も言わないほうがいい、と思った。

しかし、あのとき、弟の貞矢が通りかかったのが偶然とは思えない。――そう。エリカの直感では、あの母と息子は、恭子を旅の途中で殺すつもりなのだ。

――ファーストクラスの座席はそう多くないので、エリカたち六人(虎ちゃんを含めると七人)で、ずいぶん席をとってしまっている。

秘書の倉田はすぐ後ろのビジネスクラスにいるのである。

エリカたち以外には、永井かね子(恭子の母だ)と貞矢。そして――成田で、恭子のスーツケースにつまずいた男がひとりで座って、ドイツ語の新聞を読んでいた。

あの男……。何者だろう？

ともかく、この旅、楽しいだけのものになりそうにないや、とエリカは思ったのである。

機内で食事が出て、夜になる。——映画の上映もあったが、エリカはもう見ていたので、眠ることにした。

みどりと千代子は熱心に映画を見ている。

エリカは、洗面所に立って、

「もう見たでしょう、これ」

と、みどりに声をかけたが、

「いいの」

と、みどりはちょっとイヤホーンを外して、

「サービスはすべて味わい尽くすの」

「好きにしな」

と、エリカは言ってやった。

洗面所から出て、席へ戻ろうとすると——目の前に誰かが立っていた。

「やあ」

と、永井貞矢は低い声で言った。

「姉と隣だね」

「ええ。――どうぞ。トイレ、空きましたよ」

「君は大学生か」

「それが何か?」

「いいアルバイトがある」

「アルバイト?」

「これさ」

いきなり、貞矢がエリカを抱きしめてキスしようとした。これにはびっくりしたが
――びっくりしたせいで、つい手加減というものを忘れた。反射的に、ぐいと突き放したのだった。

クロロックほどではないが、それでも並の女の子とは力が違う。

貞矢は床で一回転して、みどりの座席にぶつかって止まった。

みどりがびっくりした拍子に、手にしていたジュースのコップを落っことす。――で、ジュースはもろ、貞矢の頭に降り注いだのだった。

「まあ、何するの!」

と、立ってやってきたのは母親の永井かね子である。

「そちらが失礼なことをしたんですよ」

と、エリカは言い返した。

「失礼なこと？」

「私にいきなりキスしようとしたんですからね」

「それが失礼？　――何言ってるの！　貞矢にキスしてもらえるなんて、幸運なことなのよ！　身のほどもわきまえないで！」

どっちが！　――エリカは、かね子が、息子のそばへかがみ込み、

「まあ、ひどい目にあって……。今、おしぼりをもらってあげるわよ」

と、言っているのを、呆れて眺めていた……。

「エリカ」

と、クロロックが呼ぶ。

「うん」

「何かありそうだな」

クロロックには、もちろん、エリカと貞矢のやりとりも聞こえているのである。

「あのこと、話してないよ」

と、小さな声で言う。

これでもクロロックには充分だ。

「うむ……。お前用心していてくれ」

「わかってる」

エリカは、ぐっすりと眠っている涼子と虎ちゃんへ目をやると、

「元気だなあ、ふたりとも」

と、首を振って言った。

「お父さんも、少し眠ったら？」

「いや、久しぶりのヨーロッパだ。目が冴《さ》えて眠れん」

「そうか……」

エリカが席へ戻る途中に見ると、みどりも千代子も、イヤホーンをしたまま、映画の途中で眠ってしまっている。

永井恭子もリクライニングをいっぱいに倒して、眠っているようだった。エリカがそっと自分のリクライニングを倒すと、

「よくやった」

と、恭子が言った。

エリカはふき出してしまった。

命がけの空港

　ウィーン！

「ついに来た……」

　と、みどりが言った。

「我が懐かしのウィーン！」

「初めてなのに、何で懐かしいのよ」

　と、千代子《ちよこ》は割合クールである。

「でも、やっぱり外国ね。外国人が多い」

　と、涼子《りようこ》が感想とも言えない感想を述べている。

「ワア」

　虎《とら》ちゃんにとっちゃ、日本も外国もない。

　すれ違う外国人たちにニッコリ笑いかけられて、ちゃんと手を振ったりしているところは、なかなかの「スター」である。

「迎えの車が来てるはずですから、捜してきます」

と、倉田《くらた》が駆けていく。

「――少し寒いね」

と、みどりが言った。

「目が覚めていい」

エリカは、何となく落ちつかなかった。

どうしてだろう？　ちゃんと機内でも眠ったし、食事もしたし……。みどりなんか、朝食の「おかわり」（！）を頼んだ。

――そうか。

あの永井《ながい》かね子と貞矢《さだや》のふたりが見当たらないのだ。さっさと先に出てしまったのだろう。

そう。かえって心配することはないのだろうが……。

兵士の姿が目につく。テロなどに備えているのだろうが、本物の機関銃など下げて、何人かの兵士がロビーのあちこちに立っているのを見ると、ああ、外国だなあ、と思うのである。

「――お父さん」

と、エリカは父がいやにむつかしい顔をしているのに気づいた。

「どうかした？」

「いや……。妙な気配がある」

「そう思う？　私も」

「妙だ……。この『匂い』」

「匂い？」

「お前ではわかるまい。かすかなものだ。——普通の香水のような匂いではないぞ。人の神経に作用するような匂いだ」

「神経に？」

と、エリカが訊《き》いたときだった。

「オー！」

と、甲高《かんだか》い声がした。

太ったおばさんがカートを押して歩いていたのだが、機関銃を下げた兵士のひとりとぶつかったのだ。

おばさんのほうは尻もちをついてしまって、何語だか分からない言葉でまくし立てている。ところが、相手のがっしりした体つきの兵士は、そのおばさんのことなどまるで気にしていない。というより、ぶつかったことにも気づかない様子だ。

そして、ロビーを見渡していたが、

エリカたちのいる一角へ目をむけると——肩にかけていた機関銃を外し、ゆっくりと構えた。

銃口はエリカたちのほうを向いている。

「お父さん！」

「涼子を頼むぞ！」

クロロックがマントをパッと脱ぐと、その兵士に向かって投げつける。大きく広がったマントへ——銃声と共に機銃弾が、マントをずたずたにした。しかし、マントで視界を遮《さえぎ》られたせいか、弾丸は遥か頭上へ飛んでいった。

クロロックが頭を低くして、兵士のほうへ突進する。

ロビーに悲鳴が満ちた。クロロックが、兵士に体当たりを食らわせる。

いかに体の大きな兵士でも、クロロックの体とエネルギーをくらったら、たまらない。大きく後ろへふっとんで、店のショーウインドウを粉々にして、中へ転がり込んだのだった。

ロビーの中は大騒ぎになった。他の兵士たちが駆けつけてくる。

エリカは、涼子と虎ノ介《とらのすけ》をかばって立っていたが、ホッと息をついた。

「——どうしたの？」

と、まだ多少時差ぼけでボーっとしているみどりが言った。

「何か——物騒ね」

と、千代子も目をパチクリさせるばかり。

エリカは、涼子と虎ちゃんを少し離れた場所へ連れていくと、

「お父さんに任せとけば、大丈夫」

と、微笑んでみせた。

何しろ警備の兵士をひとり、ショーウインドウへ叩き込んだのだから、他の兵士たちも、初めはクロロックのほうをうさんくさそうに眺めていた。

しかし、兵士にぶつかって尻もちをついたおばさんがあれこれまくしたてて、やっと事情をわかってくれたらしい。

クロロックが戻ってきた。

「大丈夫？」

「うむ。仲間の兵士たちも首をかしげとった」

「もう行っていいの？」

「大丈夫だ、私は言葉ができるしな。向こうも、一部始終見ていたから、仲間が突然どうかしちまった、とわかっているのだ」

「良かった。どうなるかと思った」

「しかし、たぶん何者かがあの兵士に薬をかがせて、半ば催眠《さいみん》状態にして、我々を撃た

せたのだろう」

「手のこんだ細工ね」

「あの爆弾といい、この事件といい、どうやらただごとではなさそうだな」

と、クロロックは肯《うなず》いた。

「――びっくりした！」

と、永井恭子《きようこ》がやってきた。

「おお。けがはありませんでしたかな？」

「おかげさまで。結構今までにもあちこちで怖い目には遭《あ》っておりますの。パッと床へ伏せてました」

「さよう、いったん外国へ出れば、何があるかわかりません……。しかし……」

と、クロロックが情けない声を出す。

「どうかしたの？」

「私のマントが！」

銃弾でズタズタになったマントを手に、クロロックはため息をついたのだった。

しかし、もしかしたら、一行の誰かがああなっていたかもしれないのだ。改めてエリカはゾッとした……。

「社長！　何があったんです！」

と、秘書の倉田が駆けてくるのが、目に入った。

「さすがはヨーロッパ！」

と、クロロックは、真新しいマントをパッと広げてみせて、

「どうだ！　こうしてすぐ手に入る！　やっぱりウィーンだ！」

「お父さん。闘牛やってんじゃないんだから」

と、エリカはたしなめた。

――創業百年を越えるという、古いホテル。

ロビーも、東京のホテルのように待ち合わせの客でいっぱいということはない。泊まり客以外は、まず入れない雰囲気なのである。天井は高く、壁にはハプスブルグ家の国王の肖像がかかっていたりして、どこかの宮殿の広間のよう。

確かにヨーロッパだ、とエリカも思ったのだった。

「ともかく今夜のところはこのホテルでゆっくり寛《くつろ》ぐことにしよう」

と、クロロックもこういう場所だといかにもしっくりくる。

「夕食は？　みどりが騒いでた」

「あの女社長が、どこぞへ連れてってくれると言っとったぞ」

「悪くない？　何から何まで」

「まあよかろう。その分、こっちはボディガードをつとめておる」

「そりゃまあそうだけど」

ロビーに、男が入ってきた。――成田から一緒の、ひとり旅の中年紳士である。

「こんばんは」

と、エリカたちに会釈《えしゃく》して、離れたソファに腰をおろす。

「――誰かしら？」

と、エリカはそっと父のほうへ言った。

「さあな。単なるビジネスマンのように見えるが……」

「お待たせして」

と、声がして、永井恭子が入ってきた。

ピッタリとしたチャイナドレス風の衣装。体の線がくっきりと出て、みごとなものだった。

「いや、これはお美しい！」

と、クロロックが恭子の手をとって甲にキスした。

「まあ、どうも。――奥様に見られないように用心なさって」

と、恭子が笑った。

「みどりたち、呼んでくる。迷子になってるといけないから」

と、エリカは言って、ロビーを出ると、いかにも昔風のエレベーターに乗った。

のんびりと動くエレベーターで、ホテルが五階までしかないからいいが、このスピードで五十階も上ろうと思ったら、時間がかかって仕方あるまい。

部屋のある三階で降りると、広い廊下へ出て歩いていく。

ちょうどドアが開いて、みどりと千代子が出てきた。

「迎えに来たのよ」

「千代子が、支度に手間どって」

「みどりが、でしょ」

と、ふたりでやり合っているが、どっちも可愛めのワンピースでめいっぱいのお洒落をしている。

「——ちゃんと鍵かけた?」

と、エリカが歩きだしてから訊くと、

「自動ロックじゃないの?」

と、みどりが言った。

「違うわよ。こういう古いホテルは。——キー、貸して。かけてきてあげる」

「悪い! ね、エリカ、私たち階段で下りてるから」

「分かった!」

みどりたちが階段で下りたくなるのも当然で、大理石の彫刻などをあしらった、いかにも写真をとりたくなる階段なのである。

エリカは、みどりたちの部屋の鍵をしっかりかけると、ふたりを追っていった。

「やってるやってる」

上から見ると、みどりと千代子が、お互いに写真をとり合っている。

「私もとってもらうか」

こういう旅行に来て、格好をつけていても仕方ない。観光客は観光客である。

エリカが、タタッと階段を下りていくと——。ガリガリ、と石のこすれる音がした。

ハッと上を見上げる。重い置物——騎馬像だった——が、階段の手すりから、ゆっくりと押し出されて、落ちようとしている。

真っ直ぐ落ちたら——みどりに当たる！

「危ない！」

と、エリカは叫んだ。

「みどり！」

エリカは風を巻き起こすような勢いで、突っ走った。

「え？」

ポカンとして、みどりが振り向く。——像はシュッと空《くう》を切って、みどりの頭上に——。

間に合わない！

と、誰かが、タタッとみどりへ駆け寄って、

「危ない！」

パッと抱きかかえて転がる（みどりを抱えて転がるのは楽じゃなかっただろう）。

ガーンと、辺りの空気を震わせて、階段に像が当たって、砕けた。

「――みどり！　良かった！」

エリカが駆け寄ると、引っくり返ったみどりは、まだポカンとしていて、

「どうしたの？」

「危うく死ぬとこだった！」

「落ちてきたんだ」

と、千代子も呆然と突っ立っている。

「そう。この方がいなかったら……。みどり！」

「ん？」

「お尻の下に敷いてるよ、命の恩人を！」

「田口勇一《たぐちゆういち》さんとおっしゃるんですね」

と、エリカは言った。

「本当に、ありがとうございました。友人の命が——」

「いやいや。部屋に忘れ物をしたので、取りに戻ろうとしていたんですよ」

と言った紳士——。

あの、成田から一緒で、さっきロビーにいた人である。

「ともかく、けががなくて良かった」

と、クロロックもその田口勇一という紳士と握手をして、

「いかがですかな？　これから夕食に行きますが、ご一緒に」

「いや、しかしお邪魔に——」

「そんなことありませんわ」

と、恭子が遮《さえぎ》って、

「ご迷惑でなければ、いかがですか」

「こちらにはありがたい話です。ひとりの夕食というのは侘《わび》しいものですからね」

と、田口は微笑んだ。

「ちょっと、やかましいですけどね」

と、エリカは、ちょうどロビーへ元気よく駆け込んでくる虎ちゃんを見て、言った
……。

古城の騒ぎ

「ヨーロッパだ！」

と、千代子《ちよこ》が感激の声を上げた。

風が吹き抜けていく。——少し肌寒いかと思えるほどだが、少々ワインでほてった頬《ほお》には、むしろ快《こころよ》い。

ウィーンの町の灯《ひ》が、いっぱいに広がっている。

光のカーペットといった夜景であった。

「——お気に召していただけたら、嬉しいわ」

と、永井恭子《ながいきようこ》もほんのりと目のふちを赤くしている。

ウィーンの町を見下ろす小高い丘の上の古城。そこをレストランに改装してあるのだ。

しかも、エリカたちがいるのは、城のバルコニーにセットされたテーブル。振り仰《あお》ぐと、照明に照らされた城の姿が夜空に浮かび上がっている。雰囲気満点、というところである。

「いや、すばらしい夕食だ」

と、田口《たぐち》が言った。

「そうおっしゃっていただけると――」

「しかも、こんな美しい方とご一緒できるとはね」

「まあ」

と、恭子が笑う。

エリカはチラッと涼子《りょうこ》のほうへ目をやったが、こちらはクロロックのほうへ少し身をよせて、ロマンチックなムードにうっとりしている様子。他人の話は耳に入らないらしい。

ま、いいでしょ。――好きにして。

エリカにだって……虎《とら》ちゃんがいる（いちおう男である）。ロマンチックとは程遠いとしても、だ。

気分が変わったのか、虎ちゃんもよく食べる。

みどりも――こちらは気分とは関係なく――いつも通りに、よく食べている。

「これから、どういうご予定です？」

と、田口が恭子に訊《き》いた。

「私とクロロックさんは、明日、買収したホテルを見に行きます」

と、恭子は答えた。

「その後は……。クロロックさんは、故郷を訪ねられるのでしょ？」

「そのつもりです」

と、クロロックが肯《うなず》く。

「この風！　風の匂いも、故郷、トランシルヴァニアと似ておりますぞ」

「ご一緒したいんですけど——」

と、恭子が微笑んで、

「仕事が山ほど待っていますので、私は三日ほどウィーンにいて、日本へ帰ります」

「やあ、それは残念だ」

田口は、すっかり恭子に参っている様子。

「少しお休みを取らなくては。人生は苦しむためにあるのではない。楽しむためにあるのです」

と、田口が言った。

「それはわかります、でも……」

テーブルの端にいた倉田《くらた》の所へ、ウエイトレスが来て、何か囁《ささや》いた。倉田は肯くと、

「社長、ちょっと車を動かしてくれということなので」

「ああ、お願いね」

食事も一段落していた。——何しろヨーロッパの食事は量が多い。しかし、それでもみどりは、

「デザート！」

と、張り切っていた。

クロロックが、エリカのほうへ軽くウインクしてみせる。

エリカは、

「ちょっと失礼」

と、立ち上がると、城の中へと入っていった。

中もテーブル席になっていて、落ちついた中年や初老のカップルが目立つ。

エリカは、化粧室を探すふりをして、レストランから外へ出た……。


「——特別製のデザートですって」

と、恭子が面白そうに、

「取ってみる？」

「異議なし！」

と、みどりがすかさず言った。

「いや、若い人たちにはかなわないな」

と、田口が笑って、息をつく。

「もう、満腹！」

と、千代子が声を上げる。

「でも、デザートは入る所が違うのよ」

恭子が楽しげに言うと、ワゴンを押して、金髪のウエイターがやってきた。

「――でかい」

と、みどりがつい、いつもの調子で言って、千代子につつかれている。

お椀を伏せたような形の、特大のババロア。周囲を、クリームやフルーツで飾ってある。

「ひとりにこれひとつ？」

みどりが、そっと千代子に言った。

「まさか」

――ウエイターが、テーブルの上のロウソクを吹き消した。

外だから、だいぶ暗くなる。ウエイターがライターをとり出すと、カチッと火を出し、ババロアのへりへ近付けると、シュッと音がして、小さな花火がババロアを囲んで細かい火花を飛び散らせた。

「きれい！」

と、誰もが歓声を上げる。

暗い中なので、その赤や青の火花はいっそう鮮やかだった。

「なかなかみごとなものだ」

と、クロロックが言った。

ウエイターが――いつの間にやら、姿を消している。

クロロックが、突然そのババロアをのせた大皿を手にとると、パッと放り投げた。

――みんなが唖然とする中、ババロアはベランダの外へと落ちていく。

「あなた、何でまた――」

と、涼子が言いかけたとき、ドーン、と大きな音がして、宙にババロアが細かな破片となって飛び散った。

「――あれは？」

と、恭子が目を丸くしている。

「我々を歓迎する新趣向ですな」

と、クロロックは言った。

「ババロアの中に爆弾を隠しておいたのです」

「何ですって？」

「あなたは狙われている。実は日本からなのですぞ」

クロロックの話を聞いて、恭子が唖然とした。

「私の車に？　――でも、誰が……」

「何てことだ！」

田口がナプキンをかなぐり捨てると、

「恭子！　君から離れないぞ！　これからは一分だって君をひとりにはしない！」

「田口さん……」

恭子がどぎまぎしている。

「遠慮はいりませんぞ」

と、クロロックが言った。

「こちらで落ち合う約束だったのでしょう？」

「はあ……。でも――」

「秘密にしておくことはない」

田口が、恭子の手をとると、

「君も僕も独身だ、何も悪いことをしているわけじゃなし」

「でも……。私は仕事が――」

「仕事と僕なら、重婚にはならない」

田口がそう言って恭子を抱きしめた。

「——いいシーン」

と、みどりがニヤリと笑って、

「でも——惜しかった、あのババロア」

と、呟いた。

「社長！　大丈夫ですか」

と、倉田が駆けつけてくる。

「こちらは大丈夫だが」

と、クロロックが言った。

「君のほうは大丈夫ではあるまい」

「は？」

「さっき、ウエイターが君に言ったのは、『お電話が入っております』で、車のことではない。君は席を外しておく必要があったのだ」

クロロックの鋭い耳が、ちゃんと聞きとっていたのである。

倉田は青ざめると、ベランダから逃げ出した。

「倉田君が？」

と、恭子が愕然《がくぜん》として、

「でも——どうして？」

「当然、誰かに依頼されてのことでしょう。ババロアを持ってきたウエイターともども

ね」

「追っかけて、捕まえてやる！」

と、田口が腕まくりしたが、恭子は止めて、

「いいえ。——放っておいて」

「どうしてだ？」

「見当はつくわ。誰が頼んだのか」

と、恭子は言った。

寂しげな表情になっていた。——吹いてくる風が、急に冷たくなったようだ。

エリカが戻ってきた。

「お父さん……」

「どうした？　倉田は？」

「下で待ってたんだけど……。途中の石段から転がり落ちて——」

「倉田が？　それで？」

「死んだみたい」

——誰もが黙ってしまった。

ひとり、虎ちゃんが、ジュースのコップを手に、飲みつづけていた……。

「——お母さん」

恭子は、朝食時間のカフェへ入っていくと、母親の永井かね子の座っているテーブルへと歩いていった。

「あら、おはよう」

と、かね子はコーヒーを飲みながら、

「貞矢《さだや》はゆうべ遅かったの。まだ寝てるでしょ」

「忙しかったんでしょう。倉田君を突き落としたりするのにね」

「何の話？」

「いいの」

と、恭子は首を振った。

「お母さんに紹介したい人がいるわ」

ちょうどカフェに入ってきたのは、田口勇一《ゆういち》だった。

「田口さんよ。——私、日本へ帰ったら、この人と結婚するわ」

初めて、かね子の顔がこわばった。

「恭子……。そんなこと、初耳よ」

「別にお母さんに相談することじゃないでしょ。私は大人よ」

「待ちなさい。この男が何者か知らないけど、あんたのお金目当てに決まってる！　馬鹿なことはおやめ」

「どっちが言うこと？　私を狙うのはもうやめて。今度だけは、見逃してあげる。これ以上やったら……。お母さんだって、許さない」

恭子の静かな口調は、母親を圧倒した。

「——やあ、姉さん」

と欠伸《あくび》しながら、貞矢が入ってくる。

「貞矢。——私、少しこっちでのんびりするわ。あなたはどうする？」

「のんびり？」

「そう。ハネムーン代わりにね」

と、田口の腕をとり、

「クロロックさんと一緒にドナウを下ることにしたの」

そう言うと、恭子と田口は、カフェの奥に席を占めているエリカたちのほうへと歩いていった。

「——ゆうべは大変だったわね」

と、エリカがパンを食べながら、

「みどりと千代子はどうするの、今日?」

「おみやげ買わなきゃ」

「そうか! 忘れてた」

「じゃ、つき合うわ」

と、エリカは言った。

「お母さんも行くんでしょ」

「そうね。ご近所に何か買わないと」

「マントでも買ってく?」

と、エリカは言って、父のほうを見た。

「うむ。少し買い置きしといたほうがいいかもしれんな」

「おこづかいで買ってね」

と、涼子に言われて、クロロックが渋い顔になる。

恭子も、やっと笑顔を見せた。

「――クロロックさん。本当にお邪魔じゃないんですか」

「そんな気をつかわなくていいんです」

と、エリカが言った。

「むしろ、私たちのほうがおふたりのお邪魔かも」

恭子と田口が赤くなる。

涼子も上機嫌だった。何といっても、これで夫と恭子の間を心配しなくてすむわけである。

エリカは振り向いた。――永井かね子と貞矢が、カフェを一足先に出ていくところだった。

――爽《さわ》やかな風が、川面《かわも》を波立てている。

「これがドナウ？」

と、みどりが言った。

「〈青く〉ないのね。灰色じゃない」

「しっ」

エリカがつついて、

「お父さんが感傷に浸《ひた》ってるのを、邪魔しないで」

と言った。

クロロックは、風にマントをかすかにはためかせながら、ドナウのたっぷりとした水の流れを見つめている。

下流へと下れば、クロロックの故郷、ルーマニアのトランシルヴァニアへ着くことになるのだ。

「——船の手配はしましたわ」

と、恭子がやってきて言った。

「それはどうも」

「楽しみだわ。クロロックさんの故郷を拝見できるなんて」

「まあ……。少々昔のことですからな。故郷といっても——」

と、クロロックが口ごもる。

故郷といっても、人間に追われて、捨てていった地である。クロロックとしても、複雑なものがあるのだろう。

「トランシルヴァニアといえば——」

と、田口が言った。

「あのドラキュラが出てきた所でしょう？　吸血鬼に会えるかもしれないな」

「やめてよ。クロロックさんに失礼だわ」

と恭子がとがめた。

「いやいや、吸血鬼も、捨てたもんではありませんぞ。フランス料理だって、ソースに血を使ったりする」

「そうですわね」

と、恭子は笑って、

「クロロックさんみたいにすてきな吸血鬼なら、血を吸われてみたいと思いますわ」

クロロックがむせ返った。エリカは笑いをかみ殺している。

「——あら、恭子」

と、声がした。

「また会ったわね」

「お母さん……」

かね子と貞矢が、のんびりと歩いてくる。

「まだウィーンにいたの？」

「そうよ。久しぶりだからね、のんびりしようと思ってね」

「結構ね」

と、恭子は言った。

「僕らもね」

と、貞矢が言うと、ポケットから、チケットを取り出した。

「ふたりで船にのることにしたんだ」

「何ですって？」

「ドナウ下りね。——また、一緒かもしれないわよ。何しろ親子ですものね」

かね子がそう言って笑うと、

「貞矢、行きましょ」

と、促《うなが》して歩いていく。

見送っていたエリカは、

「どうする？　日を変える？」

と、父のほうへ言った。

「むだです」

と、恭子が厳しい口調で、

「どこまでもついてくる気だわ」

「それもいい」

と、クロロックは涼子の肩を抱いて言った。

「あのふたりも、トランシルヴァニアで、吸血鬼に出会うかもしれんな」

――エリカは、ちょっとため息をついた。

そりゃ、お父さんにも、恭子さんにも相手がいるからいい。

でも、私は……。

「エリカ！　これ、凄《すご》く安かったの！」

ドタドタとみどりが走ってくる。

――ま、友だちがいるだけでもいいか。
エリカは思い直すと、風に向かって歩きだしたのだった。

吸血鬼と花嫁の宴《うたげ》

メメント・モリ

「ね、見て見て！　結婚式！」

と、声をあげたのは橋口《はしぐち》みどり。

「そんな大きな声出しちゃ……。どこ？」

「ほらほら」

「本当だ！」

誰も嘘をつくわけがない。――ともかく、神代《かみしろ》エリカと大月千代子《おおつきちよこ》、橋口みどりの三人は、唖然とするほど広い、セント・シュテファン教会の中で、ちょうど祭壇の前にひざまずく男女を見つけて興奮していたのである。

もっとも、エリカと他のふたりとの間には、人の結婚式を見てもだいぶ受け取り方に差があるのはやむを得ない。

「ね、もっと前のほうで見よう。エリカ、来ない？」

「私はここで見てる」

エリカは頭上遥かの天井まで伸びた太い石の柱にもたれかかっていた。みどりと千代子は、野次馬根性、大いに旺盛で、祭壇のほうへノコノコ歩いていってしまった。

いや、エリカだって……。好奇心は人一倍強いし、度胸も「ないほうだ」とはとても言えない。それでも、他の人間の結婚式を見て、素直に胸ときめかせる、というわけにはいかないのだ。何といっても、エリカの中には、父、フォン・クロロックから受け継いだ「吸血族」の血が流れている。

誰かを好きになって、結婚して子供を生んで、という発想は、エリカにはできない……。

「――どうした」

いつの間にやら、当の父、クロロックがいつもの（ここウィーンで新調したので、まだ虎《とら》ちゃんにそれほどかじられていない）マント姿ですぐ後ろに立っている。

「お父さん。――いいの、虎ちゃん見てなくて」

「今、眠っとる」

と、クロロックは言って、

「ほう、結婚式か」

「すてきよね。みどりと千代子なんか、前のほうまで行っちゃった」

「お前は行かんのか」

「そばで見ても同じでしょ。それに……私はあんな風に普通に結婚できるかどうか」

「何を言うか」

「だって、私は吸血鬼よ」

「だから何だ。私を見ろ。お前のようなハーフでなく、完全な吸血鬼だが、二回も妻をめとったぞ」

「そりゃそうだけど……」

「問題は、ないと思えばなくなるものなのだ」

クロロックの言葉は、いくらか気休めであっても、エリカをホッとさせた。

「だいたい、問題はそれ以前だ。お前がちっとも恋人を作らんからいかん」

そのセリフはエリカの胸にグサッときた。

――クロロックの仕事相手、永井恭子《ながいきようこ》に連れられる格好でウィーンまでやってきたクロロック一家。そして、エリカのふたりの親友。

永井恭子は、恋人の田口《たぐち》と一緒に幸せそうに、セント・シュテファンの中を歩いている。――ふたりにとっては、「結婚」は遠い夢ではなく、近い現実なのだ。

「おおそうだ」

と、クロロックが言った。

「この教会へ来たら、カタコンベを見なくては」

「カタコンべって……地下墓地？」

「そうだ。何百年も前の死者が葬られている。——お前も見るか？」

昔の死人ね。——ま、話の種に見とくか、とエリカは思った。

「ねえねえ」

と、みどりが足早に戻ってくる。

「どうしたの？」

「あの花嫁さん、日本人」

「そう。後ろから見てるとよくわかんないね」

千代子も戻ってきた。

「いいなあ！　私もこっちの男の人と結婚しようかしら」

「それにはまずドイツ語をしゃべらなくちゃ」

と、みどりが冷やかす。

「それを言うな、って」

「ね、私、お父さんと一緒にカタコンベ見に行く。みどりたち、どうする？」

「カタコンべ？　おいしいの、その店？」

「食べる所じゃないよ」

と、千代子が説明してやると、

「私、死人と玉ネギ、苦手なの」

と、みどりは即座に言った。

「ここで待ってる。エリカたち、行っといでよ」

「私、行く」

千代子が加わり、三人で教会の一階にある石段を下りていく。

別に入場料を取るらしく、大学生か何かなのだろう、金髪の青年が、クロロックに話しかけた。クロロックはちょっと青年を見つめて、何か言った。

「ヤアヤア」

と、青年はていねいにクロロックに向かっておじぎをした。

「——お父さん」

と、エリカがつつく。

「催眠術かけたの？」

「入場料がもったいない！　偉い神父だと信じ込ませてやった」

「そんなこと、ケチらないでよ。みっともないでしょうが」

と、エリカは文句を言ったが、もう遅い。

仕方なく、全員タダで、地下へとさらに石の階段を下りていったのである。

「——死の匂いだ」

と、クロロックが言った。

ひやっとした空気が、エリカたちを包む。

「――凄《すご》い」

と、千代子が言った。

薄暗い明かりの下、白骨があちこちに積み上げられている。ゾッとする光景だった。

「――こんなもの、お金取って見せるなんて、わかんないね」

と、千代子がゆっくり歩きながら言った。

「それはな、ひとつには『メメント・モリ』のためだ」

と、クロロックが言った。

「何、それ？」

「ラテン語で『死を忘れるな』という意味だ」

「死を忘れるな？」

「そうだ。人はいつか死ぬ。そのことを、常に頭に置くこと。それが大切だと教えているのさ」

「へえ……。『メメント・モリ』か」

と、エリカは呟《つぶや》くように言った。

エリカは足を止めて、

「見て！　凄い……」

大きな窓が壁にポカッと開いて、その向こうは――白骨の山。

何百人か何千人か……。いくらエリカでもこの凄《すさ》まじい光景には思わず息をのんだ。

「中世ヨーロッパの人口の三分の一を失わせたといわれる、ペストの犠牲者だそうだ」

と、クロロックは言った。

「ペストかあ……」

千代子は首を振って、

「でも、当時は何だかよくわからなかったわけでしょ？　人口の三分の一が死ぬなんて……。全滅した町とか村もあったんでしょうね。きっと、みんな神の裁きとか思ったわよね、それじゃ」

「そうだ。――そのかげで、罪を負わされ、死ななくてもいい多くの者が死んでいった。人間の歴史は、そういう間違いのくり返しだな……」

三人とも、何となく厳粛《げんしゆく》な気分で、ひんやりと涼しいカタコンベの中に立ち尽くしていたが……。

「――待て」

と、クロロックがふと緊張する。

「どうした？」

「エリカ。——友だちを守れ」

「何か——」

あったの、と言いかけて、言葉を切る。

感じる。——燃えるような憎しみの波を。

強烈な力が、どこか、エリカたちの近くで生まれようとしている。

「どうかした？」

千代子は何となくおかしい、としか感じない。エリカは千代子の肩に手をかけて、

「千代子。私のそばに。——じっとして。息を殺して」

と、言った。

「エリカ。——黙っていろ。動くんじゃないぞ」

「うん」

三人は、呼吸さえ止め、瞬《まばた》きすらこらえて、じっと身じろぎもしない。

すると——カタコンベの中の明かりがフワフワと明滅したと思うと、スッと消えてしまう。

千代子がハッと息をのんだ。エリカは暗い中でも目がきく。千代子の手を、しっかり握ってやった。

すると……あの、白骨の山を覗《のぞ》く窓から何か奇妙な霧のようなものが、フワッと流れ

出てきたのである。

しかし、それは霧ではなかった。何かもやもやしながらもひとつにつながっていて、何か、意志のある生きもののように、止まったり動いたりした。

クロロックの周囲を、その白いものは漂っていたと思うと、今度はスーッと音もなくエリカと千代子のそばへやってくる。

エリカは、体の力を抜いて、反応をそれに気づかれないようにした。千代子も、必死で息を止めている。

その、霧とも煙ともつかないものは、エリカと千代子の周囲を、ゆっくりと巡った。犬や猫が、見なれないものを見つけて、周囲を用心深くグルグル回るのにも似た動きである。

それは、エリカたちの周囲を四回回って、その後、スーッとカタコンベの出入り口のほうへと飛んでいった。

「――行ったぞ」

クロロックが深く息をつく。

「もう大丈夫。行ってしまった」

「あれ……何だったの？」

と、エリカは言った。

明かりが灯《と》り、千代子が真っ赤な顔をしているのに気づいた。

「千代子！　もう息を止めとかなくていいのよ」

と、エリカが肩を叩いてやると、千代子は体中の酸素を全部出してしまおうとでもするかのように、ハーッと息を吐き、何度も深呼吸した。

「何百年もへて、人の恨みや憎しみが残っているのだろう」

「そこの白骨の？」

「おそらくな。そこから出てきたものだろう。ペストでの死について、何も知らずに死んでいった者の誰かだと思う」

「そんなことって――」

と、言いかけて、エリカは、

「出ていったわよ。大丈夫かしら」

「まさか、とは思うが……。上がってみよう」

とクロロックは言って、大股に歩きだした。

みどりは、花嫁と花婿が腕を組んで歩いてくるのを眺めて、感動していた。

だいたい、感動しやすいタイプなのである。

「私もいつか……。遠くない将来に」

と、自分に誓うのであった。

その花嫁は日本人で、たぶん二十四、五歳か、スラリとしてきりっと眉《まゆ》の濃い、なかなかの美人。一緒に歩を進める男性は、ドイツ人か。金髪でこちらも若そうである。

だいたいヨーロッパあたりでは日本人は若く見られ、みどりなどたぶん「子供」にしか見えないだろう。だから、いい加減「中年」ぽく見える外国人に年齢を訊《き》くと、結構三十前だったりして、びっくりさせられるのである。

ふたりは幸せそうだった。――ま、結婚式の当日に不幸そうでは困ってしまうだろうが、微笑《ほほえ》みながら、そっと囁《ささや》き交わしているさまは、いかにも美しい。

そしてふたりは肩を寄せ合って――みどりなんか、少々照れてドキドキしてしまう。

式に参列しているのは、どうやらふたりのごく近い身内だけのようで、それほどの人数ではなかった。

「いいなあ、教会でやるっていうのも」

と、みどりは呟いたりしていたが……。

あれ、何だろ？

ステンドグラスから差し込む光の中に、何か白いもやのようなものがフワッと浮かんでいると思うと――スーッと動いて、かげの中へ入り、見えなくなってしまった。

目の錯覚かな？

みどりは首をかしげた。

するど、花嫁の近くにその白いものがフワッと漂うのが見えた。——あれ？　みどりは目を疑った。その白いもやのようなものが、花嫁の口から、体の中へスーッと吸い込まれていったように見えたのである。

突然、花嫁が崩れるように倒れた。

花婿がびっくりして、抱き起こす。

「どうした？」

と、花嫁の父親らしい男性が駆け寄ってくる。

「いや、大丈夫です」

と、花婿は上手な日本語で答えた。

「疲れたんでしょう。ホテルへ運んでいきます」

「そうかね。しかし……」

花婿が両手で軽々と花嫁を抱き上げる。

「——みどり」

と、エリカが急ぎ足でやってくる。

「見て。私もあんな風に抱き上げられてみたい」

「そんなことより——どうしたの？」

「何か知らないけど、気を失ったのよ、花嫁さん」

と、みどりは答えた。

あの白いもやのようなもののことは、何も言わなかった。見えたような気がしただけかもしれないんだし。

「お父さん、どう？」

と、エリカが、やってきたクロロックへ訊く。

「うむ。何の匂いもせん。どこへ行ったのかな」

クロロックはむずかしい顔をしている。

「元の場所へ戻ってったんじゃないの？」

「それならいいのだが……。どうも気になるな」

と、クロロックは首を振った。

「みどり、何か見なかった？」

「何か、って？」

エリカが説明しようとすると、

「やあ、こちらでしたか」

と、田口が永井恭子と一緒にやってきた。

「そろそろホテルへ戻りませんか？」

と、恭子が言って、エリカたちも肯《うなず》いた。
セント・シュテファンを出ると、もう黄昏《たそがれ》どきになりつつあった……。

過去の名前

「あ、あの人――」

と、千代子《ちよこ》が言った。

「ほら、セント・シュテファンで式を挙げてた人よ」

――百年の歴史を誇る、ウィーン屈指のホテル。そのカフェで、エリカたち三人、日本のに比べると格段に大きいケーキとコーヒーを味わっていた。

夕食は、最近できた日本料理のレストランでとった。まあ、何となく永井恭子《ながいきょうこ》の「おごり」になってしまい、エリカなど少々申しわけない気分。

しかし、クロロックのほうはおっとりしたもので、

「まあ、我々があのふたりを守ってやっとるのだ」

と、ケロリとしている。

そりゃそうだけどね……。エリカは、一回ぐらいは父におごらせよう、と考えていた。

永井恭子と田口《たぐち》を「守っている」というのは――女社長である恭子を、何と母親のか

ね子が、息子の貞矢《さだや》可愛さのあまり、狙っているからなのである。

そのへんの事情は『青きドナウの吸血鬼』に詳しい。

ところで――ドナウ河を一緒に下ることになっている恭子たちとエリカ一行であるが、ドナウの増水で船の予定が狂っており、あと二日、ウィーンにいることになった。

当然、永井かね子と貞矢もウィーンにいるはずで……。しかし、ふたりはホテルを移ってしまっている。

「――もう元気になったようね」

と、エリカは言った。

その日本人の花嫁は、少し顔色が悪い感じだが、ちゃんとサンドイッチをつまみ、男と話をしている。あのぶんなら、大丈夫だったのだろう。

「――ね、今日のカタコンベ、凄《すご》かった?」

と、みどりが訊《き》いた。

千代子が顔をしかめて、

「思い出したくない!」

「へえ。痴漢でも出たの?」

と、みどり。

「馬鹿言わないで」

「でもね、ミヒャエル教会って所のカタコンベはもっと凄いって。ガイドブックに出てたよ。私、行ってみようかな」

「みどりは苦手なんでしょ」

「苦手でも、好きってことがある」

「わけのわかんないこと言って」

と、エリカは苦笑した。

「ヤア」

と、このカフェの中では偉いらしい、黒いスーツの男性が、大柄な男性をひとり、案内して席へ着かせた。

「重そうね」

「しっ」

まあ、聞こえてもわかるまいが……。

「あら、おいしそう」

と、永井恭子がカフェに入ってきて、エリカたちのテーブルへ。

「どうぞご一緒に」

「いい？　あの人は、ここのケーキ、見ただけで胸やけするって」

と、恭子は笑って言った。

恭子がコーヒーとケーキを注文して、カフェの中を見回すと、

「あら……。珍しい」

「ご存知の方ですか？」

エリカは、恭子の目が、今入ってきた、太った男へ向いているのに気づいた。

「ええ。ここの市の偉い人よ。ミュートレルさんというの。よく知ってるから……。ちょっと挨拶《あいさつ》してくるわ」

恭子は立ち上がると、その男のテーブルへ歩いていき、

「ヘル・ミュートレル！」

と、声をかけた。

「ヘル」は英語の「ミスター」に当たる。

「キョーコさん！　グーテン・アーベント！」

と、大きな手で恭子の手を取ると、軽く握った。

ふたりは、楽しげにおしゃべりを始めた。もちろんドイツ語なので、エリカたちにはわからない。

「私もドイツ語しゃべれたらな」

と、みどりが言うと、

「日本語を正しくしゃべるのが先」

と、千代子がからかった。

エリカはふと、あの花嫁のほうへ目をやって、おや、と思った。

コーヒーを飲んでいた手を止めて、じっと見ているのは……恭子と、あのミュートレルという男のほう。

花婿のほうは、新聞を読んでいるので、それにはまったく気づいていなかった。

しかし、その花嫁の目つきは——普通ではない。深い憎しみを湛《たた》えて、人の胸を視線で突き刺そうとでもするかのようだった……。

やがて恭子が戻ってきて、ちょうどコーヒーとケーキが運ばれてくる。

「明日、ミュートレルさんが別荘へ遊びに来ないかって。とてもすてきよ」

「そうですか」

エリカは、あの花嫁が見つめていたのが、ミュートレルという男だと知ると、ゆっくり自分のコーヒーカップを取り上げた。


ガリガリ……。ガリガリ……。

何か石のこすれるような音で、ミュートレルは立ち止まった。

振り向いてみたが、夜の街路には人の姿は見えない。——何の音だったんだろう?

ちょっと肩をすくめて、ミュートレルは重い体を揺すりながら歩きだした。

大方《おおかた》の人々には少々寒い夜かもしれないが、よく太ったこの男にとっては、むしろちょうどいい気候なのだった。

今夜も食べちまったが……。ミュートレルは、家へ帰ったら、妻に何と言いわけしようかと考えた。

そう。――今夜は大丈夫。あの「キョーコ」に会って、ついカフェで話し込んでいてね。

そう言えば、妻も何も言うまい。妻のエレンはキョーコのことをとても気に入っている。

もちろん、ミュートレルもキョーコが好きである。といって、妙な下心はないのだ。何しろこの体格である。若い女を相手に……なんて、考えただけで汗が出てきてしまう。

確かにキョーコは可愛い。日本人は、オーストリア人などから見ると、子供のように見えるし。

それに……キョーコは「タグチ」とかいう男と結婚すると言っていた。結構なことだ。そう。結婚の話となると、エレンは大好きだ。これで充分にエレンの気をそらすことができるだろう……。

こんなに気をつかってまで、ケーキなんか食べなきゃいいようなものだが、それをやめられないのが、甘党の辛《つら》いところだ。

エレンが口うるさく言うのが、夫の健康を考えてのことだというのはわかっている。だが、人生の楽しみを諦《あきら》めて、何年か長生きしたところで、何の意味があろう？

ケーキひとつ食べるのに、ずいぶん面倒な理屈をくっつけながら、ミュートレルは、自分のアパートへの近道である細い小道へと入っていった。

暗い道だが、ミュートレルは男で、しかも体も大きい。別に襲われる心配はしていなかった……。

ガリガリ……。

さっきの音が、今度は前方の暗がりの中から聞こえてきた。はっきりと。

「誰だ？」

と、ミュートレルは、前方へ向かって、声を投げた（もちろんドイツ語である）。

人が立っている。それは確かだった。何か白いものが、ゆっくりと動いている。

「何か用か？」

少し用心しながら、それでもミュートレルは足を止めはしなかったのである。

やっと相手が見えると、ミュートレルは意外さに立ち止まった。

ゆっくりと近づいてくる、白い影……。

「お前の罪を償うのだ」

という言葉が街路に響く。

何だ？　何の罪だって？

その言葉に、ミュートレルは戸惑った。

いや、もちろん言葉の「中身」にもだが、どうも今のドイツ語ではない、妙に古めかしい言い回し。

あんな言い方は、古文書の中ぐらいにしか見当たるまい。

しかし——ミュートレルは、そんなことを考えてはいられなくなった。

その白い人影は、何かを引きずっていた。その先が、下の石畳の表面をこすって、ガリガリと音をたてていたのだ。

それは——長い剣だった。

どこか博物館にでもありそうな、幅広の重そうな剣。それを相手は、両手でしっかり握りしめると、ゆっくりと持ち上げた。

「何だ！　馬鹿め！　何をする！」

ミュートレルは、一瞬ためらったが、クルッとその人影に背を向けて、逃げ出すことにした。

何といっても、向こうは剣を持っていて、こっちは素手ときている。こりゃ逃げるが勝ち、と思ったのである。

相手は重い剣を持っているから、そう速くは走れまい。――ミュートレルは必死で駆けた。脇目もふらずに。

広い通りに出て、息をつく。胸が苦しい。

もう少しやせよう！　つくづくミュートレルは思った。

だが、苦労のかいあって、何とか逃げきれたようだ。

「――何だったんだ？」

狂ってるのか？　だとしても、物騒じゃないか。

ミュートレルは月を見上げた。――青白い満月。

空は晴れ上がって、月光は白く降り注いでいる。

どうしよう？　警察へ届けるか。

ミュートレルは、汗を拭《ぬぐ》って（ひどい汗っかきである）歩きだした。近道は諦めて、少し遠回りの明るい道を選んだ。

まあ……危なくはあったが、これで警察とかへ届け出るのも、面倒だ。今夜のところはともかくいったん家へ帰って……。

それに、あんな剣を持った奴が、命を狙ってきたなんて……。警察で信じてくれるだろうか？

「夢でも見たのかな……」

と、ミュートレルは呟いた。

しかし、この汗と、心臓の苦しさは現実のものだ……。

静かな道を辿《たど》って、ミュートレルはクルッと、角を曲がった。そこを曲がると、もう自分のアパートはすぐそこだ。

が――。足が止まる。幻《まぼろし》か？　これは現実なのか。

迷っている時間は、本当はなかったのである。

あの白い人影が、剣を両手で構えて、目の前に立っていたのだから。

「おい――」

と、ミュートレルは言おうとした。

ヒュッ。ミュートレルが最後に聞いたのは、長い剣が水平に空《くう》を切る音だった。

惨劇

「フリードリヒ」

と呼ぶ声に、その男はふっと顔を上げた。

「ああ、これはどうも……」

カフェに入ってきたのは、美しい銀髪の、中年婦人。

「どうしたの、浮かない顔をして」

「いえ、別に――」

「確か、昨日、あなた結婚式じゃなかったの？」

「そうです」

「じゃあ、もう少し元気そうな様子でいなくちゃ」

と、その婦人は微笑んで、

「花嫁さんはどこ？」

「小夜子《さよこ》はまだ眠っています」

と、フリードリヒは言った。

「そう。結婚式は疲れるものよ」

と、婦人は言って、

「ね、ところでうちの夫を見かけなかった？」

「ミュートレルさんですか？　さあ……」

と、少し考えて、

「昨夜は、このカフェにいらしてましたよ」

「でしょうね」

と、婦人は苦笑して、

「いくら言っても、ここでケーキを食べるという悪習から抜け出せないのよ。で、そこからどこへ行ったか、知らない？」

「ゆうべ帰らなかったんですか？」

「そうなの。こんなこと、初めてだから、心配してるのよ」

と、カフェの中を見回す。

朝食の時間である。――いろいろな国の旅行客が、ビュッフェスタイルの朝食をとっている。

「――すっかり寝坊ね」

と、カフェに新しく入ってきた男女……。

「エレン！　まあ、エレン」

「恭子《きようこ》！」

永井《ながい》恭子は、その銀髪の婦人と抱き合った。

恭子が、エレンと田口《たぐち》を互いに紹介し、少し照れる。

「まあ、おめでとう」

エレンは、恭子の頰《ほお》にキスした。

「すてきな人を見つけたわね」

「ありがとう。――連れの人たちをご紹介しますね。とても気持ちのいい人たちなの」

と、恭子がその婦人を、えらくにぎやかなグループ――もちろん、エリカ、クロロック、その他のグループである――のテーブルへと案内し、互いに紹介する。

「コーヒーでもいかが？」

と、恭子がすすめると、

「ありがとう。――どうせ、夫はどこかで倒れてるんだと思うけど、やはりちょっと放っておくってわけにはいかないの」

「何ですって？」

恭子がびっくりして、

「ご主人が――ゆうべ、帰らなかったんですか」

「ええ。こんなことないんだけど」

――念のために付け加えておくと、このふたりの会話はドイツ語である。しかし、クロロックは言葉がわかるので、エリカたちに説明してやった。

「ゆうべ、ここにいた方ですよね」

と、エリカは恭子に訊《き》いた。

「ええ、ミュートレルさんという太った人」

「姿が見えないんですか」

「そうなの。――おかしいわ。とても愛妻家で、奥さんに心配かけるのは、ケーキを食べ過ぎることだけなんだけど」

「愛妻家か。私と同じだ」

と、クロロックが言って、涼子《りようこ》につつかれている。

「警察へ届けたほうが……」

と、エリカが言いかけたとき――、

「警察官だわ」

と、エレンが言った。

その制服の警官は、カフェの中へ入ってきて帽子を取ると、中を見回し、そしてエレンに気づいた。

固く、こわばった表情で、警官がエレンのほうへ歩いてくる。——エレンは、青ざめて、恭子の手をつかんだ。

警官が、小さく会釈《えしやく》すると、何か言った。エレンが一瞬、よろけそうになったが、しっかりと踏みこたえて、肯《うなず》く。

「——亡くなったの?」

エリカは父のほうへそっと訊いた。

「うむ。それも普通ではない」

クロロックは、ちょっとむずかしい顔になっていた。

「エレン……。一緒に行きましょうか」

と、恭子が言うと、エレンは黙って、肯いた。

「私も行く」

クロロックが立ち上がり、

「涼子、どこかで買い物でもしていてくれるか」

「いいわよ。ちゃんとお手伝いしてきて」

涼子も、ずいぶん愛想がいい。

たぶん、恭子がスポンサーだということがあるせいであろう。

「何ごとだ?」

と、田口がいぶかしげに言う。

「田口さん。あなた、こちらの皆さんと一緒にいてあげて」

恭子は、エレンの腕を取りながらカフェを出ていく。クロロックとエリカがそれについていった。

エリカは、その前にみどりのほうへ、

「あの昨日の花嫁さんが現れたら、様子を見てて」

と、ささやいていた。

「OK」

みどりは即座に肯いて、

「食べながらでもいい?」

と、訊いた。

「——何てひどい」

と、恭子が息をのんだ。

エレンが、よろけてうずくまる。

風が吹いていて、冷たい。——そこはこの時間、日かげになっていた。

しかし、その場の空気の冷たさは、決して気温だけのせいではなかっただろう……。

石畳は黒く血で染まっていた。そして、警官が布を張って囲った、その現場には――。

長い剣が落ちていて、刃には血のりがべっとりとついている。そして、倒れているミュートレルの巨体。

ただ、普通でないのは、胴体と頭が切り離されていたことだ。――ミュートレルの頭は、石の壁まで転がっていったらしく、その壁ぎわに、もたれかかるように転がっていた……。

「どういうこと？」

と、恭子は啞然として言った。

「この剣は……」

と、クロロックが剣の上にかがみ込む。

「かなり古いものみたい」

と、エリカは言った。

「そうらしい。かつて、罪人の首を切るのに使ったのだろう。こんな物がどうしてここにあるのかな」

「どこかから盗まれた？」

「こんな物を取っておく物好きも、この辺ならいるかもしれん」

クロロックはマントをフワリと翻《ひるがえ》して、布の囲いの外へ出た。

「──もう見なくていいの？」

と、エリカが追ってくる。

「見たところは確かにショッキングだが、特別な手がかりはない。首は首だ」

「そりゃそうだけど」

「私もサラリーマン社長。いつクビを切られるかわからんのだぞ」

どこまで真面目《まじめ》なんだか……。

「おいエリカ。──あの窓を見ろ」

「え？」

「ガラスに映っている男。少し離れてこっちを見ている」

「ああ……。私たちを見てるんじゃないわ」

「そうだ。しかし、さっきからずっと立ち去らずにいる」

「そう？」

エリカは、横目でその男を見た。そして戸惑い気味に、

「あの人……神父さんじゃない？」

「らしいな。──どうもひどく怯《おび》えておる。気になるぞ」

「どうする？」

「尾《つ》けてみることだ……。歩きだした」

「行ってみるわ」

「頼むぞ。私はあの剣のことを、もう少し研究してみる」

と、クロロックは言った。

「迷子にならないで」

「そっちのことだぞ、それは」

と、クロロックが苦笑する。

エリカは早速、その神父らしい人間の後を追っていった……。

「君……大丈夫なのか?」

と、フリードリヒという男の言葉が、カフェを出ようとしたみどりの耳に入ってきた。

それで、初めて今すれ違ったのが昨日の花嫁だと気づく。

「何ともないわ、心配かけてごめんなさい」

と、その女性は、フリードリヒと向かい合って座った。

「でも、あの血は――」

「鼻血なの。私、ときどき出すのよ」

「そうか……。じゃ、本当に何でもないんだね」

「ええ。今日はゆっくり見物したいわ、ウィーンの町を」

「わかったよ、小夜子」

フリードリヒは、やっと笑顔になったが、心から安心しているようには見えなかった。

「——みどり、どうしたの？」

と、千代子がエレベーターの所で振り返って呼んだ。

「あ、いいの、行ってて。ちょっと——」

みどりは手を振ってみせた。

千代子が肩をすくめて行ってしまう。みどりは、カフェの出入り口のわきに置かれている新聞を広げてみたりした。当然、ドイツ語で、何が書いてあるのかわかりゃしないのである。

「じゃあ、どこへ行こうか」

と、フリードリヒが言ってコーヒーを飲む。

「私も、コーヒーを」

と、小夜子という女性は注文してから、

「私、プラーターへ行きたいわ」

「よし。じゃ、朝食がすんだら、出かけよう」

フリードリヒもやっと少し元気そうになった。

みどりはカフェを出て、部屋へ戻っていった。

「——何してたの？」

と、部屋のベッドで千代子がひっくり返っている。

「ん？　まあ——情報収集というかね」

「へえ……。ところで、あと三十分したら、田口さんがウィーンを案内してくれるって」

「そう。じゃ、支度しないとね」

「どこか見たい所は、ってさ」

と、千代子はガイドブックを開けている。

「私、モーツァルトの家に行きたいな」

「ね、そりゃあ——何てったって、プラーターよ」

と、みどりが主張する。

「うん？　まあ、プラーターでもいいけどさ……」

「そうよ！　ぜひプラーターへ」

と、みどりは肯いた。

「ところで、千代子。——プラーターって何？」

千代子は目をパチクリさせて、みどりを眺めたのだった……。

「これが『第三の男』の観覧車だよ！」

と、田口が興奮した口調で、

「オーソン・ウェルズ、ジョゼフ・コットン。──ああ、懐かしい！」

巨大な観覧車は、ゆっくりと時間をかけて上っていく。──ウィーンの街並みが、徐々に視界に広がってきた。

「──ね、千代子、『財産の男』って何？」

と、みどりが訊いた。

「さあ、逆玉の話か何かじゃないの？」

いずれにせよ、田口の世代の感傷は、みどりたちには通用しなかったのである……。

「ほら、虎《とら》ちゃん。よく見えるわよ」

と、涼子が、虎ちゃんをだっこして見せてやる。

「ウウア」

虎ちゃんも高い所が好きなのか、両手を振り回して、大はしゃぎ。

みどりはチラッと──同じ箱に乗っているあのふたりのほうへ、目をやった。

もちろん、フリードリヒと小夜子のふたりである。

「ウィーンはこの百年、大して変わっていないんだ」

と、フリードリヒが小夜子の肩に手をのせて、話している。

「〈マクドナルド〉はなかったけどね」

小夜子はちょっと笑った。

どこといって、変わったところのないカップルである。

――この観覧車は、普通の遊園地にあるものに比べると大きく、箱ひとつがちょっとした部屋ほどもある。みんな立って歩き回りながら、四方の景観に見入るのである。

「フリードリヒ」

と、白髪の初老の紳士が、肩を叩く。

「プロフェッサー!」

フリードリヒは、嬉しそうに声を上げると、その教授(だろう)と握手して、小夜子を紹介した。

「プロフェッサー・ベナンツィオ。僕の恩師だよ」

そう聞いたとき、小夜子の表情が一瞬、別人のもののように変わるのを、みどりは見ていた。

しかし、小夜子は同時に頭を下げて、それを夫と、その教授とに見せずにすませてしまうと、

「小夜子です」

と、今度はにこやかに挨拶《あいさつ》したのである。

灰へ還る

「あれ、エリカ」

観覧車から降りたみどりたちを下で待っていたのは、エリカだった。

「やあ。ホテルの人に聞いて。――田口《たぐち》さん、すみません」

「いや、どうってことは――。君、『第三の男』って知ってる?」

「え?」

「いや、いいんだ」

と、田口は諦《あきら》めの境地にいる様子で言った。

「ね、エリカ」

みどりが、エリカの腕をとって、わきへ引っ張っていくと、フリードリヒと小夜子《さよこ》の朝の会話、そして、今フリードリヒとおしゃべりしている「教授」のことを話してやった。

「よくやった」

と、エリカはみどりの肩を叩いた。

「ベナンツィオ……ね」

「エリカ、何なの、いったい？」

「私だってわかんないわよ」

と、エリカは肩をすくめた。

——あの神父。

エリカが後をつけた神父は、あのセント・シュテファンへと入っていき、そこで大勢の観光客に紛《まぎ》れて見えなくなってしまったのである。

「ね、あのロケットに乗るって」

と、涼子《りょうこ》がエリカを呼んだ。

「大丈夫？　結構怖そうよ」

ロケットといっても、もちろんロケット型の子供の乗りもの。グルグル空中を振り回されるのは、あんまりエリカは気が進まない。

「どうしても、って虎《とら》ちゃんが……」

と、涼子は首を振って、

「でも——私、苦手なの、ね、エリカさん、お願い！」

こんなことだと思った……。ま、仕方ないか。

エリカはロケットに乗り込み、虎ちゃんを膝《ひざ》の上にのせると、

「しっかり座ってんのよ！」

と、言い聞かせた。

「ワア」

虎ちゃんが両手を振り回す。——おとなしくしてろ、と言うほうが無理かもしれない。

ゆっくりとロケットが持ち上がり、やがて、いっぱい飾りのついた軸を中心に、回り始める。風が正面から吹きつけて、エリカは目を細くした。

こりゃ、結構凄《すご》いや……。

大人が乗っても結構な迫力。しかし、虎ちゃんは怖がる様子もなく、

「ワー！」

と、両手を上げて「バンザイ」したりしている。

どっちの血筋？　お父さん、こんなもんが好きなのかしら。

他の一緒に回っているロケットへチラッと目をやったのは、エリカにも多少余裕が出てきたのかもしれない。

「あれ？」

フリードリヒだ。そして一緒に乗っているのは、妻の小夜子でなく、何と教授のベナンツィオ！

物好きね！　エリカは首を振った。

小夜子は？　――グルグル回る地上へ目をこらすと、小夜子はひとり、ポツンと離れて、柵の外に立っている。

――妙だ、とエリカは思った。

こういうものがいやで乗らなかったとしても、夫とその恩師が乗っているのだ。手くらい振っていいだろう。だが、小夜子はまったく手も上げず、ニコリともしない。

あの様子は……。

いやに長くない、これ？

だいたい、ヨーロッパなど、乗り物の動く時間は日本より長い。しかし、これは少し長すぎないかしら？

さすがに虎ちゃんも目が回ってきたのか、おとなしくなってしまった。

エリカがみどりたちのほうへ手を振って、係の人へ言え、という身ぶりをする。しかし、みどりのほうはいっこうにわからず、手を振り返している。

「もう！　早く気がつけ！」

千代子のほうが、おかしいと思ったらしい。田口へ何か言って、田口が係のいるボックスへと駆けていく。

しかし、いっこうにロケットの回転は止まらない。係の男が大げさな身ぶりで、騒いでいるのが見える。

「田口さん！」

と、エリカが叫ぶ。

「故障だ！」

と、田口が精いっぱいの大声を出した。

「何とかする！　待ってろ！」

——故障？

エリカは青くなった。冗談じゃないよ！

「虎ちゃん！」

涼子もさすがに青くなっている。

軸の部分が、ギシギシと妙な音をたて始めた。揺れている。どこか、外れてきたのだろうか？

「虎ちゃん！　しっかりしてよ。あんたは吸血鬼の子孫なんだからね！　こんなことで泣いちゃだめよ！」

と、エリカが言い聞かせると、少し青くなった虎ちゃん、けなげに、

「ワア」

と答えて、コックリ肯《うなず》いたのである。

エリカは、小夜子の姿が見えなくなっているのに気づいた。

「どうなってる！」

と、フリードリヒが叫ぶ。

「故障ですって！」

と、エリカが怒鳴ると、

「何だって！」

と、フリードリヒも青くなった。

揺れが大きくなっている。——エリカは、他にも細かい震動を感じた。このままいけば、壊れる！

この勢いで投げ出されたら……。どう運が良くても、大けがである。

さすがにエリカも目が回ってきた。

「エリカ！」

と、父の声がした。

「お父さん！」

エリカは力いっぱい叫んだ。

「壊れるよ！」

「わかった！　虎ちゃんを——」

「娘はどうでもいいの?」

と、文句を言ったが、向こうは聞こえなかったろう。

「投げる!」

と、エリカが言った。

「受け取って!」

「わかった!」

「あなた……」

涼子が夫の腕にすがりつく。

「危ないわ!」

「このままでは、この台は五分ともたん、壊れれば死ぬぞ」

と、クロロックは言った。

「エリカ! 遠心力を計算して投げろよ!」

無茶言うなって!

「虎ちゃん、本当の『飛行機』だよ」

と、エリカは、弟の体をつかんで、かかえ上げる。

「目をつぶって!」

「ワア」

「行くよ……」

頭がクラクラする。父の姿も、何だかぼやけて見えていた。――今だ！

しかし、投げようとして、タイミングを外してしまい、そのまま、虎ちゃんをかかえ込む。

しっかりして！　可愛い（少しは憎らしいが）弟のため！

「エリカ！」

斜め前方に父が両手を広げている。

「よし……。虎ちゃん。お父さんの所へ、飛んでけ！」

ヤッ！　力をこめて、虎ちゃんの体を空中へ。

周囲に集まってきていた野次馬から、一斉に悲鳴が上がる。

が――両手を鳥のように広げて、虎ちゃんの体は、真っ直ぐクロロックの胸へと――。

マントを翻《ひるがえ》し、クロロックは飛んできた我が子の体をガシッと受け止めた。

ワーッと声が上がり、拍手が起こる。

「やった……」

エリカは、息を吐き出した。

クロロックが虎ちゃんを涼子へ渡すと、ロケットのほうへやってきた。

「エリカ！　飛び下りろ！　受け止めてやる！」

「だめ！」

エリカは首を振った。もし自分がここでいなくなったら、全体のバランスを失って、このロケットはすぐに壊れてしまう。他の客たちは、大けがをするか、命を落とすことになるだろう。

「よし！　待ってろ」

クロロックにも、意味は通じたらしい。ピョンと操作ボックスの上に飛び乗ると、その屋根に立って、タイミングを計っている。

何するの？

エリカは、しっかりと鎖につかまっていた。そうしないと、倒れてしまう。

クロロックは、パッと宙を飛んだ。そして、エリカのいるロケットの端に両手をかけてぶら下がった。ぐっとロケットが下り、クロロックの足が下へ着く。

クロロックが、全身の力をこめて、両足で地面を押しつけた。ガーッと音をたてて、靴のかかとが下のコンクリートにこすれ、煙をあげる。ブレーキをかけているのだ！

勢いがついて、クロロックが完全に一周した。しかし……。

遅くなる。――やった！

停まった！　エリカは、ぐったりとロケットの中に座り込んでしまった。

「エリカ！」

クロロックがエリカを抱き下ろす。

「しっかりしろ！」

「お父さん……」

目が回って、とても歩けない。

「靴……大丈夫？」

と、エリカは訊《き》いた。

クロロックの靴のかかとは、何センチもスパッとナイフで切ったように、すり減ってしまっていた……。


「——小夜子が？」

フリードリヒは、信じられないという様子で、

「どうして小夜子が……」

「現に、君があれに乗っているのを見捨てて、姿を消しておる」

と、クロロックは言った。

「それはそうですね……」

「君も心当たりがあるんじゃないのかね」

「何のことです?」

「血のことだ。君の奥さんの手が血にまみれていた。そうだね」

フリードリヒが青ざめた。答えているのと同じだ。

——ホテルのカフェ。

エリカも、ここへ運ばれてきて、ケーキを食べたら(?)元気になった(単純かもしれないが、作者も結構そんなところがある)。

「確かに……」

と、フリードリヒは少し間を置いて、言った。

「ゆうべ、小夜子の姿が見えなかったんです。でも、僕もウトウトしていて……。今朝起きて、小夜子の手が血で汚れているのを見てびっくりしました」

「どういうこと?」

と、永井恭子《ながいきょうこ》が言った。

恭子も、エレンと別れて、ホテルへ戻っていたのである。

「小夜子さんのせいじゃないと思うわ」

と、エリカが言うと、クロロックも肯いて、

「うむ。——ゆうべのミュートレル。そしてベナンツィオ」

「ベナンツィオ? 先生のことですか」

「そうだ。——そのふたつの名前は、過去の出来事につながっている」

と、クロロックは肯いて、言った。

「過去の出来事？」

「遠い昔の……。ペストで大勢の人が死んだ時代だ」

「何ですって？」

クロロックは、ゆっくりと足を組んだ。

「ペストの流行は、この世の終わりにも似ていた。みんな天罰と思い、神の呪いと信じた。恐怖の中では、誰かいけにえを求めようとする者が出てくる」

「いけにえ……」

「宗教裁判が開かれ、ペストの流行に手を貸した悪魔の使いとして、罪のない人間たちが次々に火で焼かれていった……。むごい話だ」

「それが何の関係があるんです？」

「そのとき、最も多くの人を死に追いやった裁判官がふたりいた。——ミュートレル、ベナンツィオ」

フリードリヒが、愕然《がくぜん》とした。

「もちろん」

とクロロックが続ける。

「昨日殺されたミュートレル、そしてベナンツィオ教授は、その裁判官と何の関係もないかもしれない。しかし、呼び出された霊にとっては、同じ名を聞いただけで、仕返しせずにはいられなかったのだ」

「霊ですって?」

「ペストの時代に死んだ者の憎しみだ」

クロロックは立ち上がった。

「行ってみよう。——たぶん、あんたの奥さんも見つかるだろう」

「どこへ?」

「セント・シュテファンだ」

と、クロロックは言った。

——夜の教会というのは、あんまり明るい所ではない(当たり前だが)。

シュテファン教会の中は、ヒヤッと寒くて、身体の芯へしみ込むようだった。

「お父さん……」

「しっ。——わかっとる」

クロロックは、足音をたてないように、用心して進んでいった。

匂いが、伝わってくる。——エリカの鼻がかぎつけたのだから、当然クロロックもわかっている。

香のような匂いだ。

それはあのカタコンベ。——白骨が山をなしている、あの地下墓地から漂ってきていた。

「静かに」

と、クロロックがささやいて、エリカとフリードリヒ、そして恭子と田口が続いた。

階段を下りていくと、奥から、祈りの声らしいものが聞こえてくる。ラテン語なのだろうか？

男の声は、しばらく続いたが、やがてパタッと途切れた。

「だめだ！」

と、その声が言った（ドイツ語である）。

「何とかして！」

と言ったのは女の声。

「このままじゃ、大変なことになるわ」

「わかっている……。しかし、私にはどうすることもできない」

「呼び出したのよ。戻すことだって、できるでしょう」

「いや……。このように人間の体に入ってしまったものを、呼び出したことはないいんだ」

男は深々と息をついて、

「とんでもないことをしてしまった……」

「今さら何を言っているの。もう死んだ人間は生き返らないのよ」

「私は……自首して出る。君のことは口にしないよ」

「馬鹿なことを！」

と、女が笑って、

「誰が信じると思うの？　ペストの犠牲者の霊が、夫を殺したなんて」

恭子がハッと息をのむ。

エリカも、話の中身はわからなくても、その声が誰のものか、そして何を話しているか、見当はついていた。

「誰かいる！」

と、男があわてて、

「隠れよう」

「だれだ」

クロロックが、ゆっくりと出ていく。

「――まあ」

と、エレンは言った。

「エレン」

と、恭子が言った。

「何ということを……」

「恭子……。人は、いくつになっても、恋に狂うことがあるのよ」

と、エレンは言って、そばの神父を見た。

「私は……この人と恋に落ちた。でも、夫と別れたら、私は一文無し。夫の財産を手に入れ、自由になるには、あの人に死んでもらうしか……」

「その方法がいかん」

と、クロロックが首を振った。

「過去の霊を利用するとは。おおかた、その神父が、試みにやっていたのだろう。そして、あんたは夫が、ペスト流行のとき、『魔女狩り』の先頭に立った裁判官の子孫と知って――」

「まさか、本当にうまくいくとは思わなかった！」

と、神父が言った。

「しかも、前の晩に『儀式』を行ったときには何も起こらなかったのだ」

「長い眠りから覚めるのだ。時間はかかる」

クロロックは進み出た。——床に布が敷かれ、そこに小夜子が横たえられていた。

「小道具などいらん」

クロロックが目を向けると、床に立てたローソクの火が次々に消えた。それを見て、神父が後ずさって、

「何者だ！」

「私は、『呪われた者』だ。あんたらの流儀で言えばな」

クロロックは、小夜子の上に手をかざした。

「いつも、犠牲となる弱い者の魂の嘆《なげ》きは、我々、呪われた者が一番よく知っている。——出てこい。お前の居場所は、そこではない」

小夜子の体が細かく震えたと思うと、その口からフーッと息が吐き出されるように、白いもやのようなものが、脱け出てきた。

「お前はお前の世界へ帰るのだ。——恨みや憎しみも、数百年もたっては、もはや何の意味もない」

クロロックは、まるで目の前に人間がいるかのように、穏やかに話しかけた。

その白いものは、ためらうように空中を漂っていたが、やがて、あの窓から、白骨の山へと向かって飛んでいき、すぐにかき消すように見えなくなった。

小夜子が、目を覚ました。

「ここは……？」

「小夜子！」

フリードリヒが駆け寄る。

「あなた！　どこにいたの？」

「ここにいる！」

しっかりとふたりが抱き合う。

クロロックは、エレンのほうへ向いた。

「あんたを罰する法はない。しかし、夫を殺したという罪の意識は、生涯残るだろうな」

エレンは挑みかかるようにクロロックを見て、

「馬鹿げてる」

と一言、足早にカタコンベを出ていってしまった。

そして、神父は青ざめ、打ちひしがれた様子で、その後を追った。

「――クロロックさん」

と、恭子が言った。

「あなたは……」

「私は、吸血鬼なのです」

クロロックの言葉に、恭子は息をのんだが、すぐに笑顔になって、

「すてき!」

と言った。

「こんなお知り合いを持ってる人、そうざらにいないわ。——ねえ?」

「まったくだ」

と、田口も微笑んで、

「ぜひ、長くおつき合いを」

「こちらこそ、そう願いたいもので」

クロロックは胸を張って、

「クロロック商会を今後ともよろしく!」

と言ったのだった。


「——聞いた?」

と、みどりが言った。

「何を?」

エリカは、トランクの蓋《ふた》を閉めるのに苦労していた。

「みどり。ちょっと乗って」

「あいよ」

ギュッとトランクが悲鳴（？）を上げた。

「神父がね、人の奥さん殺して、自殺したんだって」

「そう。——怖いね」

エリカは、カチッと鍵をかけた。

「一番怖いのは人間……」

「何が？」

と、千代子が顔を上げて、

「ね、みどり！　こっちのスーツケースにも、乗って」

「そんなことばっかし頼んで！」

と、怒ってみせつつ、みどりはちゃんと千代子のスーツケースにドンと座ってやるのだった。

エリカは、ちょっと笑った。

このふたりなら、決して古い霊なんか呼び出さないわね。初めから亭主を尻に敷くに決まってるもの！

解説

香《か》山《やま》二《ふ》三《み》郎《ろう》

『吸血鬼はお年ごろ』シリーズの開幕は一九八一年一二月。

では、この年にはいったいどんな出来事があったのか――などといきなりいわれても、おぼえているかたは少ないだろう。調べてみると、一月早々、ロナルド・レーガンが第四〇代アメリカ大統領に就任している。いかにも何か大きな事件が起きそうな予感にとらわれるが、その後世界を揺るがすような事件は起きず、日本も政変や天変地異に見舞われることもなく、まずは平穏な一年だったといえるのではないだろうか。

だからといって、事件がなかったわけではない。

日本の犯罪事件に目を向けてみても、三月に三和銀行茨木支店の女性行員が一億三千万を横領して逃亡（九月にフィリピン・マニラで逮捕）、六月にパリで日本人留学生がオランダ人女子留学生を殺害した容疑で逮捕され（いわゆる〝パリ人肉事件〟）、同月にはさらに東京・江東区深川で通行人四人が殺害される通り魔事件が発生、一一月にはアメリカ・ロサンゼルスで日本人男性の妻が撃たれる事件が起きている（のちの〝疑惑の銃弾事件〟だ）。

どれもマスコミで大きく報じられた事件ばかりであるが、ただ有名というだけでなく、今日《こんにち》の犯罪事件の形態――オンライン犯罪とか、白昼の通り魔とか、劇場型犯罪等を先取りしているかのようなところが注目に値《あたい》する。

ミステリー作家は良くも悪くも、そうした現実の事件の影響を受けやすいもの。実際それらの事件をベースにした作品がのちのち描かれているが、中にはその反対に現実には左右されないタイプもいる。

赤川次郎もそのひとりである。

考えてみれば、シリーズ第一作『吸血鬼はお年ごろ』を読み返してみると、古臭さをあまり感じさせない。発表後三十数年が過ぎているのに奇跡的なことといっていいが、それというのも舞台背景を示す具体的な地名や固有名詞がほとんど出てこないから。同書の第一話「永すぎた冬」を見ても、ヒロインの神代《かみしろ》エリカが父・フォン・クロロックに会いに向かう火《ひ》の木《き》村は架空の土地だし、東京からどのあたりの場所かも定かではない。M女子高というのもその合宿先も同様で、さらにページを繰っていっても、「ドラえもん」の名前が出てくる程度。舞台背景の年代を特定するような描写が出てこない。物語的には、五W一H、つまりいつ、どこで、誰が、何をしたのか、そしてそれは何故、どのようになされたのかを押さえるのは基本的な作法だが、赤川小説では、いつ、どこでが巧妙に回避されているのである。

この三十数年で何より変わったことといえば、パソコンとインターネット、携帯電話の普及だろうが、それくらいの変化ではドラマのほうは色褪《いろあ》せない。エリカたちも大学進学後、年を取らなくなるし、時代背景や時間の進行をさておくスタイルはシリーズが巻を重ねても変わらない。八〇年代としても、現代としても通じるその独自の話作りが、今の若い読者にも受け入れられている理由だろう。

さて『青きドナウの吸血鬼』である。シリーズ第一二弾に当たる本書は、雑誌「Cobalt」一九九二年一二月号から翌九三年四月号まで掲載された三篇が収められており、九三年八月、コバルト文庫（集英社）から刊行された。

冒頭の「吸血鬼と幻の聖母《マドンナ》」は、エリカとその仲間たち――大月千代子《おおつきちよこ》や橋口《はしぐち》みどりが通うN大学のとある教室から幕を開ける。

そこにやってきた学生の生沢京子《いくさわきようこ》は誰もいないのに驚く。忘れものを取りにきた同じ一年生の加賀《かが》によると、今日は休講だという。だがそれは実は同級生たちのいたずらだった。皆がぐるになって、陰気な京子を引っかけたのである。危く単位を落としかけたところをエリカに助けられるが、エリカは彼女がいじられている姿に一抹《いちまつ》の不安をおぼえる。翌晩、エリカのもとを訪ねてきた彼女は、その日大学からの帰途に寄った教会で変な声を聞いたと相談される。女の声で、自分は聖母マリアだといったというのだ。

エリカの家からの帰り道、京子は公園で再び聖母マリアの声を聞く。深夜、自宅に帰った彼女の母・並子《なみこ》が見たのは、暗闇の中で一心にお祈りをしていた娘の姿だった。京子はほんの一〇分ぐらいお祈りしただけというが、実際には四時間近くがたっていた。並子はいつもの娘とは違うと感じていたが……。

生沢京子は皆にいじられているというより、いじめにあっているといったほうが正しい。いじめというと、中学校、高校が舞台だと思いがちだが、大学でもいじめは起きている。創作の傍《かたわ》ら大学で客員教授を務めたこともある著者も、その辺の事情を知ったうえで題材にされたのかも。もっとも、秘めたる力をそなえた少女がいじめにあったあげくついにキレて惨劇が、といえば、ご存じホラー小説の巨匠スティーヴン・キングのデビュー作『キャリー』（新潮文庫）を思い起こすかたもいよう。京子はキャリーのように狂信的な母親に育てられたわけではないが、聖母マリアの声のせいで自ら火がつき暴走を始める。『吸血鬼はお年ごろ』シリーズはキングの代表作のひとつ『呪われた町』（集英社文庫）にインスパイアされたものであるが、本篇もまた、スティーヴン・キングに捧《ささ》げられた一篇というべきか。

続く表題作の「青きドナウの吸血鬼」は、エリカ一家の海外出張篇。

エリカが学校から帰ると義母《はは》の涼子《りょうこ》がスーツケースを広げ旅支度をしていた。クロロックがヨーロッパに連れていってくれるのだという。前夜、彼は仕事相手の若きホテル経営者・永井恭子《ながいきょうこ》に誘われクラシックのコンサートにいったところ、「美しく青きドナウ」が演奏された。故郷ルーマニアのトランシルヴァニア地方にもドナウ川は流れており、懐かしさで感激していたら、今日恭子から電話があり、ウィーンのホテルを買収することになったのでその視察に同行しないかというのである。

しかし誘われたのはクロロックひとり。妻子は勘定に入っていない。問題が起きぬよう、翌日エリカは恭子に談判しにいくが、それなら家族の皆もご一緒にと誘われる。さらに出発の前日には、千代子やみどりまでもが同行することに。だがその日、エリカたちのマンションまで荷物を取りに訪れた恭子たちの前に、何故か彼女の不肖の弟・貞矢《さだや》が現れ、やがて恭子の車に仕掛けられていた爆弾が発見される……。

出発前からひと波乱ありそうな予感を抱かせるが、案の定、飛行機には恭子を疎《うと》んじる実の母・かね子と弟・貞矢が同乗していた。ウィーン到着早々、空港警備の兵士が突然エリカたちに機関銃をむける騒動も発生、その後も一行には様々なトラブルが持ち上がるのだ。その顚末が第一の読みどころであるのはいうまでもない。むろんトラベルミステリーとしての妙もあるが、それについては「吸血鬼と花嫁の宴《うたげ》」のほうで。

その「吸血鬼と花嫁の宴」は「青きドナウの吸血鬼」の続篇というか、後篇。「青きドナウの吸血鬼」でもエリカたち一行が宿泊する創業一〇〇年の老舗《しにせ》ホテルやウィーンの町を見下ろす丘の古城を改装したレストランが出てくるが、残念ながら具体的な名前は紹介されない。だが本篇では、のっけからウィーンの名所として知られるセント・シュテファン教会が登場する。そこへ観光に訪れた一行は、クロロックの提案でカタコンベを見にいくことに。中世のペストの犠牲者が葬られたその地下墓地で、一行は白骨の山のほうから煙のような白いものが漂ってくるのを目撃。異常を察知したクロロックは皆に気配を消すよう伝えことなきを得るが、その白いものは折りしも教会で結婚式を挙げていたカップルのほうに流れていった……。

カタコンベはホラー小説の舞台としてはまさにうってつけだが、「ヨーロッパへ行くと、カタコンベだの納骨堂などが大好きで、つい足が向いて、家族にいやがられている……」(『子子家庭は波乱万丈』新潮文庫)という著者自身の好みも反映されているようだ。シリーズを通して読まれてきた読者ならご存知のように、第一〇弾の『湖底から来た吸血鬼』には「10冊目のごあいさつ」として、シリーズを書くに至った動機等が改めて紹介されるとともに、「今回は少し恐怖小説風の(現代風に言うと「ホラー小説」だが)味を濃くしてみた」と記されている。このシリーズは本来恐怖小説なのであり、それを確認する意味でも、マンネリ化を防ぐうえでも、たまにはテコ入れをする必要があるということだろう。本篇では白い煙のようなものを始め、永井家にまつわる事件とは別に、さらなる事件が用意されていて、恐怖演出のほうにも力が入っている。

「吸血鬼はお年ごろ」シリーズは本書ののちも、ほぼ年一冊のペースで刊行され、二〇一四年には第三二弾『路地裏の吸血鬼』が出ている。こちらの収録作も三作で、うちの一篇「吸血鬼の出張手当」はエリカとクロロックがドイツで活躍する。オーストリアもドイツも、クラシック音楽やオペラのファンとして知られる著者がたびたび訪れている地だ。海外出張篇は著者自身にとっても一服の清涼剤なのかもしれない。

（かやま・ふみろう　コラムニスト、ミステリー評論家）

この作品は一九九三年八月、集英社コバルト文庫より刊行されました。

集英社文庫

青《あお》きドナウの吸血鬼《きゅうけつき》

2015年2月25日　第1刷　　定価はカバーに表示してあります。

著　者　赤川次郎《あかがわじろう》

発行者　加藤　潤

発行所　株式会社　集英社

東京都千代田区一ツ橋2-5-10　〒101-8050

電話　【編集部】03-3230-6095

【読者係】03-3230-6080

【販売部】03-3230-6393（書店専用）

印　刷　凸版印刷株式会社

製　本　凸版印刷株式会社

フォーマットデザイン　アリヤマデザインストア　　マークデザイン　居山浩二

ISBN978-4-08-745289-1 C0193